徳間文庫

第九号棟の仲間たち④

クレオパトラの葬列

赤川次郎

徳間書店

目次

プロローグ　4
1　パーティの客　17
2　死の影　32
3　取引　48
4　はみ出し者　62
5　恋する娘たち　75
6　重役会　88
7　昼休みの公園　100
8　歩いて来た「おみやげ」　115
9　色あせた時　129
10　女王の顔　145
11　水準の問題　158
12　夕暮の家　175
13　密談　193
14　深夜の訪問者　210
15　殺意の風　225
16　追跡　242
エピローグ　262

プロローグ

「社長」

羽田空港の到着ロビーの人ごみをかき分けて、やって来たのは、東京支店長の中代(なかしろ)だった。

大矢守(おおやまもる)は、会釈の一つもせずに、黙ってアタッシェケースを渡すと、

「車は？」

と、訊(き)いた。

「待たせてあります」

と、中代は言った。「こちらへ――」

「うむ」

大矢は大股(おおまた)に歩き出した。

中代は、あわてて大矢の後をついて歩きながら、

「お疲れでしょう。アメリカから戻られたばかりで、また東京へ飛んで来られたんでは。――いかがでしょう。まだ時間も早いので、一旦、ホテルへお入りになって、休まれてから――」

「早いだと？」

と大矢は言った。「もう昼だ。会社は九時から始まっているんだぞ」

「え、ええ、それはもう――よく分かっております」

中代は、メガネを直して、「しかしその――全くお元気ですな、社長は、ハハハ……」

外へ出ると、車がすぐに大矢を見付けて、やって来る。

「いや、このところ、どうも天候が不順でしてね。いつもなら、まだ残暑のころなのに、雨が続いて、秋の長雨と――」

中代の話が耳に入っているのかどうか、大矢は、さっさと自分でドアを開けて車へ乗り込むと、バタン、とドアを閉めた。

中代はアタッシェケースをかかえて助手席に乗った。

車が動き出すと、中代は後ろの方へ体をねじって、

「あの、社長――どちらへ行かれますか？」

と、訊いた。

大矢は冷ややかに中代を見返した。

この目は、三矢産業の名物の一つである。大矢の冷ややかな目でじっと見つめられると、どんなベテラン社員も、体が震えて来る、と言われていた。

「私が東京へ何しに来たと思う?」

と、大矢が言った。

「はあ、その……矢島（やじま）専務とお話が……」

「分かっていればいい」

と、大矢は言った。「今、矢島は?」

「あの——マンションにおいでだと思いますが」

「昼の十二時にか? 信じられん!」

と、大矢は吐き捨てるように言った。

「毎夜、遅くまで仕事を——」

「どうかな。そうは聞いていないぞ」

「はあ——」

中代は首をすぼめた。

「ともかく、矢島のマンションへ行け」

「かしこまりました」

と中代は諦めたように、言った。

大矢は、窓の外の風景など、見る気にもなれなかった。

手帳を出して、この一週間の予定を眺める。——特別に必要があって見ているのではなかった。

こうして、びっしりと詰った予定を確かめるのが、好きだったのである。一日でも、ポカッと空白があると、落ちつかない。

妻には皮肉を言われ、常務の矢田にもからかわれるが、しかし大矢は、「忙しいこと」で生きていたのだ。

趣味がないわけではない。ゴルフ、ダンスもやる。

しかし、それもきっちりと予定を組んで、忙しくやるのだ。そうでないと、やった気がしないのである。

俺がこうして頑張っているから、三矢産業は発展を続けているんだ、と大矢は思っていた。

もともと、同郷の三人組で始めた会社。

大矢、矢島、矢田、と、たまたま三人とも〈矢〉の字のつく名なので、〈三矢産業〉という社名になった。

ハードメーカーから、今はソフトウェアへと進出し、輸入業でこのところ大分利益を上げていた。

大矢が社長、矢島が専務、矢田が常務だが、実際上は三人が同等の権限を持っていて、それは初めからの約束だったのだ。

郷里の仙台に本社を置いたのは、三人が集まるのに、何かと都合のいいせいでもあったし、また東京にいると、余計な付合いもふえると思っていたからである。

もちろんビジネスの面で、東京を軽視するわけにはいかない。専務の矢島を東京に置いて、目を光らせている——はずだったのだ。

しかし……。

「矢田常務はお元気ですか」

と、中代が訊いた。「しばらく、お目にかかっておりませんが」

「どうかすりゃ、知らせる」

と、大矢は素気(そっけ)なく言った。

「そうですね、全く……」

多少とも、世間話で、大矢の気持をほぐそうという努力がむだだと悟ったのか、中代は口をつぐんでしまった。

大矢は、目をつぶった。そして、

「着いたら、起こせ」

と、だけ言った。

眠れるかどうか分からなかったが、少しでも時間はむだにしたくなかったのだ。

――それにしても、あの矢島が……。

様子がおかしい、と思い始めたのは、この一月ほどである。

毎日、必ずあった電話やファックスでの連絡が、しばしば途切れるようになった。

しかも、急を要する重要な連絡が、二日後、三日後に届く。

夜、マンションに電話を入れても、誰も出ないことがちょくちょくあった。

矢島は、アルコールが全くだめな男である。一人で飲みに出ることもないし、付合いでも、めったに酒席には出ない。

そういう点、三人の中でも、矢島は一番真面目人間で、無趣味だった。

そうなると、大矢の心配は、分かり切った所へ落ちつく。――女。

しかし、それも容易には信じられない。何しろ矢島は家族思いである。

一人で東京にいるのも、妻子を東京のような危ない所に住まわせたくない、と本気で思っていたからなのだ。

その矢島が……。まさか、とは思うが。

確かに、年齢五十歳。――まだまだ女の必要な年齢かもしれない。

妻を東京へ呼ぶようにすすめようか、と大矢は考えていた。もともと、家族は東京へ来たがっているのである。

まあ、そう心配するほどのことでもないのかもしれないが……。何といっても、三十年近い仲だ。

親友同士なんだからな、俺たちは……。

いつしか、大矢は眠り込んで、昔の、学生時代の夢を見ていた。

三人が同じ少女に憧(あこが)れたりしたことを、思い出していた……。

「――社長」

車が停(とま)っていた。大矢は、目を開けた。

「着きましたが」

と、中代は言った。

「うん」

大矢は、深呼吸をした。「——そこで待ってろ」

「しかし——」

「すぐ戻る」

「社長、あの——」

中代は何か言いたげだったが、大矢は構わずに、マンションの中へ入って行った。

インタホンのボタンを押したが、返答がない。インターロックなので、中でロックを解除してくれないと、中扉から入れないのだ。

迷っていると、ちょうど中から出て来る人間がいた。扉が閉じ切らない内に、大矢は中へ入った。

矢島の部屋は、五〇三だ。エレベーターで五階へ上り、〈五〇三〉のドアの前に来た。

ドアチャイムを鳴らそうとすると、

「すぐ戻るよ」

と、声がして——ドアが開いた。

矢島は、ちょっとの間、ポカンとして、大矢を見ていた。

「や、何だ……。お前か」

「何してる」

思っていた以上に、事態は悪い、と直感した。

矢島は、別人のようだった。——だらしなく、パジャマの上にガウンをはおり、今起きたばかり、という様子だ。

「いや……。ちょっと、タバコを買いにね。お前、持っとるか?」

「俺(おれ)は喫(す)わないよ」

「そうか。——そうだったな」

奥から、

「ねえ、どうしたの?」

と、女の声がした。

「何でもない!」

と、矢島が答えて、「おい、会社で待っててくれよ。一時間もしたら行く」

「誰なんだ」

「あれか。——女だよ」

「分かってる」

「つまり——その——」

大矢は、上がり込んだ。矢島はあわてて、

「おい、大矢！　待ってくれ」

と、止めようとして、転んでしまった。

大矢は、寝室のドアを開けた。

「――あら」

女が、裸でベッドに腰かけていた。「お客様ね」

大矢は、ゆっくりと息をついて、

「服を着ろ」

と、言った。

「あら、珍しい」

と、女は笑って、大矢に裸を見られても一向に気にする様子もない。「脱げって言われることはよくあるけど、『着ろ』って言われるのは初めてだわ」

女はタバコをふかしながら、立ち上がると裸のまま大矢の方へ歩いて来た。――三十代の半ば、というところか、確かに、みごとなプロポーションの女だった。

「――こちら、どなた？」

と、女は、やって来た矢島に訊いた。

「ああ……」

矢島は頭をかいた。「実は――」

「よせ」

と、大矢は遮って、「こんな女に紹介してほしくない」

大矢は、札入れを出すと、一万円札を何枚か抜いて、

「これを持って帰れ」

と、女の方へ差し出した。

女が、愉快そうに笑い出した。

「何がおかしいのか」

「だって、仕事のパートナーに、そんな真似をしていいの？」

「何だと？」

大矢は、その時になって、初めて、女の目を見た。――妖しい魔力のようなものを感じさせる輝きと、冷静な計算を立てられる頭脳を兼ね備えている。

「誰だ、君は？」

と、大矢は言った。

「自分のことを先に言ってほしいわ」

「私は大矢だ。三矢産業の社長だ」

「やっぱりね。矢島さんの話で思ってたのとピッタリだわ」

と、女は肯いた。

「なあ、大矢――」

矢島が、やっと少し目が覚めたらしく、

「こちらは、うちが業務提携しているK貿易の社長さんだ」

「何だと？」

大矢は、目をみはった。「しかし――K貿易の社長は、浅井さんじゃないか」

「浅井は私の元の夫ですの」

と、女は言った。「引退して、私に社長の地位を譲ったんです」

大矢は、女の、抜け目のない目の光にじっと見入っていた。

「ほう……。あんたが社長？」

「そう。――矢島さんと、連絡を密接に取っていたのよ」

「なるほど」

大矢は、ちょっと息をついて、「私は、仕事の話をする時には服を着ていただきたいと思いますな」

と、言った。

「お望みなら」

と、女は言って、振り向くと、ベッドの方へ歩いて行く。

見とれるような、みごとな体だった。

女は振り返って、言った。

「私、浅井聖美（きよみ）です。よろしく。〈神聖〉な〈美〉とかきますの」

大矢は、軽く会釈して、

「よろしく」

と、言った。

浅井聖美が、絹のガウンをはおる時、一瞬、もう少しあの裸を見ていたかった、という思いが、大矢の頭を走った……。

1　パーティの客

「また料理が？」

と、会場の責任者が目をむいた。

「はあ。何しろ次から次へと空になるんです！」

「しかし――ちゃんと人数分は出てるんだろう？」

「人数の倍近く出てますよ。追加追加で」

「――参ったな！　よっぽど大食いの奴（やつ）が揃（そろ）ってるんだ」

「どうしましょう？」

「仕方ないさ。当ホテルの面目にかけても、料理をケチったと言われちゃかなわん」

「それじゃ――」

「どんどん追加しろ。赤字の分は――何とかする！」

「はい！」

私は、笑いをかみ殺しながら、黙々とローストビーフを食べているタキシードの紳士の方へ歩いて行った。

「ホームズさん」

「や、どうも。――今日のローストビーフはまずまずだ。本場英国のものにもひけを取りません」

と、ホームズ氏は満足気である。

「ダルタニアンは?」

「さっきはスシをたらふく食っていたが……。細い体のくせに、よく食べますな、実際」

「そうね。――でも、パーティの係の人が、目を丸くしてた」

「そりゃそうでしょう、二千人の招待客に、腹を空かした別口が百人も入ってれば、よく食べますよ」

――大宴会場は、人の話し声と、グラスや皿のふれ合う音で埋っている。

今日は、ホテルの創立五周年の立食パーティ。

私は、正式に招待されているのだが、その「付き添い」が、ほんの百人ほど、ふえてしまっているのである。

「――や、これはお嬢さん」

と、やって来たのは、ステッキを手にしたダルタニアン。

「あら、もう食べないの？」

「いや、一休みです。ちょっとホテルの周囲を走って来て、腹を空かそうかと」

「ま、私が払うわけじゃなし、思い切り食べてちょうだい」

私は、会場の中を見回して、「みんな、うまくやってる？」

「ご心配なく。しっかりパーティの客になりすまして、たっぷり食べていますよ」

「結構ね」

と、私は肯（うなず）いた。「じゃ、何かあったら、捜してちょうだい。私は何人か挨拶（あいさつ）しなきゃいけない人もいるから」

「かしこまりました。こんな場所では、この剣を振う必要もありますまい」

ダルタニアンが、クルッとステッキを回して見せた。――細身のステッキ、実は仕込み杖（づえ）である。

「いたずらっけを出して、振り回さないでね」

と、私は言ってやった。

――私は、鈴本芳子（すずもとよしこ）。

二十歳になったばかりの、うら若き美女（自称）である。親から相続した莫大な遺産や、広い屋敷で、その気になれば遊んで暮せるのだが、偶然のことから、ある精神科病院へ入れられそうになり、そこの第九号棟の患者たちと知り合った。

そして私の人生は変ったのである。

このパーティに出ている「招かれざる客」は、みんなその第九号棟の仲間たちだ。——第九号棟自体は、決して待遇が悪いわけではないのだが、やはり食事もホテル並みとは言いがたいので、たまにはこうして外食もいいだろう、ということになった。

もちろん、許可を取って外出して来たというわけではない。何しろ第九号棟の人たちは、「生涯外へ出られない」と決められているのだ。

それが、こうしてノコノコ出て来られるのは、患者の一人——いつも地下室で暮している「穴掘り名人」のエドモン・ダンテスのおかげである。

エドモン・ダンテス。——そう、後のモンテ・クリスト伯で、脱獄のための穴を掘ることが一番の楽しみという人物。今、三本目のトンネル掘りに情熱を傾けている。おかげで、病院当局には知られることなく、みんな必要な時にはこうして外出を楽しんでいるのだ。

「——あ、お嬢様」

と、大川一江が、少し赤い顔をして、皿を手にしている。

「あら、別人みたい」

私は、びっくりして、胸の開いたドレス姿の大川一江を見た。

大川一江は、私の屋敷で働いている、私と同年輩の娘だ。

この一江の場合もそうなのだが、私は自分の体験から、無実の罪に泣いている人や、不当な裁きを受けて、抗議もできずにいる人たちが、この世の中にいかに多いことかを痛感し、その人たちを救うことが自分の使命と信じるようになった。

そのため、第九号棟の「シャーロック・ホームズ氏」や「ダルタニアン」、「アルセーヌ・ルパン」などの力を借りている、というわけである。

もちろん、第九号棟の人々は、本物ではない。しかし、時として本物以上に純粋に「本物に近い」存在なのだ。

第九号棟のベートーヴェンは、第五交響曲も第九交響曲も作曲しないが、しかし、「作曲への情熱」は、本物に劣らず、持ちつづけている。

私は彼らを愛している。本物のベートーヴェンや、ナポレオン以上に……。

「でも、とてもすてきよ」

と、私は一江に言った。「さては恋人ができたのかな?」

「それだといいんですけど――」

と、一江はちょっと照れたように笑って、

「誰もいないから、こうしてPRしてるんです。お嬢様ほど美しくないんですもの」

「まあ、うまいこと言って」

と、私は笑った。

「お嬢様はどうなさるんですか?」

と、一江が訊いた。

「どうって?」

「今夜、このホテルにお泊りなら、部屋を取っておきますけど」

「私がどうしてここに泊るの?」

「彼氏と二人とか」

どうやら一江、少しアルコールが入って、酔っ払っているらしい。

「や、鈴本さん、どうもごぶさたして――」

と、父の代からの知人に声をかけられ、私は挨拶を返した。

そうこうする内に、一江とも離れて、私はパーティ会場の大分奥の方に来ていた。

私はもともと、派手なパーティがあまり得意でない。

何より、こうも人が大勢いる場所では、頭が痛くなって来るのである。

立食パーティだが、壁に沿って、やはりくたびれた人のために椅子(いす)が並べてある。いくら若いといっても、疲れる時は疲れるので——私は、一息ついて、椅子に腰をおろした。

もう食べる方も大分いただいたし……。しばらくここに座っていてから、引き上げようか、と思った。

すると——隣の椅子に、女の子が座った。こんなパーティでは珍しい、十五歳くらいの少女だ。

なかなかしっかり者らしく、可愛(かわい)い顔立ちだが、今は、何か面白くないことでもあるのか、不機嫌そのものという様子。

ブレザーとチェックのスカート。その格好が、またいかにもよく似合う娘である。

別に理由があったわけではないが、私はその娘を何となく眺めていた。ただ、どことなく思いつめたような色がその目にあって、気になったのも事実だ。

私が空のコップを手にしているのを見て、飲み物の盆を持ったボーイがやって来て、

「いかがでございますか」

と、声をかけて来た。

「ありがとう、じゃ、ジュースを……」

と、受け取って、私は、「――何か飲まない？」

と、その隣の少女に声をかけた。

少女は、びっくりしたように私を見て、

「いいえ、結構です」

と言った。

ボーイが、そのまま行きかけると、少女は急に気が変ったらしく、

「あの――」

と、声をかけたが、相手はもう他の客の間に紛れてしまう。

「――このジュースで良かったら、飲まない？」

と、私は言った。「まだ口をつけてないから」

「あ――いえ、結構です」

と、少女が急いで言った。

「いいのよ、私、本当は飲みたかったわけじゃないの。ただ、何となく、もらわないと悪いみたいじゃない。だから取っただけで――。良かったら、飲んで」

少女は少し迷っていたが、

「じゃ、いただきます」

と、言った。

「どうぞ」

少女はコップ半分ほど、一気に飲んで、

「——喉渇いてるの、忘れてて」

と、ちょっと照れたように言った。

「いいのよ。こういう場所って、中は暑いしね」

と、私は会場を見回して、「お父様と一緒？」

「ええ……」

と、少女は曖昧に答えた。「父も、そろそろ来ると思うんですけど」

「そう」

何だか、いやに落ちつかない。——私は、気になった。どうもこの少女の様子、ただごとではない。

「じゃ、失礼」

私は立ち上がると、会場の中に、ダルタニアンの姿を捜した。

しかし、何といっても二千人からの招待客である。——その中でダルタニアンを見付けるのは、容易ではなかった。

大川一江が目に入って、

「一江さん」

と、呼んだ。

が――どうも様子がおかしい。何だかボーッとしていて。

見ていると、若くて、ちょっとハンサムな男が、一江に料理をのせた皿を持って来て、渡している。一江は頬を真赤にしながら、礼を言った。

ありゃだめだ。

私は、ホームズ氏かダルタニアンを見付けようと、人をかき分けて歩き回った。

天ぷらの模擬店が出ている。――もしかすると……。

勘は当った！　ホームズ氏とダルタニアンの二人、せっせと天ぷらを口に運んでいる。

コナン・ドイルやデュマの研究家が見たら気絶してしまいそうな光景である。

「ダルタニアン！」

「や、お嬢さん。なかなかいけますよ。これは」

「ちょっと来て、様子がおかしいの」

「は？」

「何か起こりそうなのよ、手を貸して」

「分かりました！　二、三人、アッという間に串刺しにしてご覧に入れます」

「誰もそんなこと頼んでないわ」

私はダルタニアンの手を引いて、あの椅子の所へ戻ってみた。

——少女の姿はなかった。

「消えたわ。——どこへ行ったのかしら」

「どんな相手です？　悪党づらですか」

「女の子よ。十五、六の、可愛い——」

「可愛い！　じゃ、急いで捜しましょう」

現金なんだから、もう……。

「——どうも、あの辺じゃないですか」

と、言ったのは、少し遅れてついて来たホームズ氏だった。

「え？」

「あの一角。他が賑やかなのに、あの辺はいやに静かだ」

なるほど、言われてみると、確かにその辺り、何かが起こっているようだ。

「行ってみましょう」

と、私は、ダルタニアンを促した。

人を分けて進んで行くと、あの少女が目に入った。

「答えてよ!」

と、少女が、鋭い口調で言っている。

周囲の客は、興味津々という顔で眺めていた。

少女が詰め寄っているのは、五十歳ぐらいの、なかなか押し出しのいい紳士だ——。

「まあ、大矢さんだわ」

と、私は言った。

「ご存知の方ですか」

と、ダルタニアンが訊く。

「ええ。父がよく知ってたの。時々、うちにも遊びに——。でも……」

一緒にいる女は誰だろう? 大矢の妻であるはずがない。背中を大きく開けた大胆なドレス。いかにも肉感的な美女である。

「お父さん。こんな席にまで……。どういうつもりなのよ」

あの少女は——大矢の娘か!

「朋子」

と、大矢が言った。「こんな席でみっともないことをするもんじゃない」

「どっちが――」

「いいか、浅井聖美さんは、取引先の社長さんだ。一緒に来たって、少しもおかしくないじゃないか」

大矢の言葉には、どう見ても無理がある。

私は、周囲の客が、囁き合うのを、目に止めた。

「そんなこと、誰が信じるっていうの」

と、娘が食ってかかる。「誰だって知ってるわ！　その女がお父さんの――」

「やめなさい！」

大矢が顔を真赤にして言った。

「どうしてよ？　私が言ったたって、言わなくたって、みんな知ってるわ。その女がお父さんの愛人だってことぐらい」

パシッ、という音。――大矢が娘を平手で打ったのだ。

「いかんな、女の子に手を上げたりしては」

ダルタニアンは、唸るように言った。ああいうことに、ひどく腹を立てる性質である。

「でも、だめよ、手荒なことは」

と、私は言った。

「分かってます」

スッと、ダルタニアンが人の間を縫って姿を消す。

「行こう」

大矢は、その女を促し、娘に背を向けて歩き出した。

朋子というその娘は、打たれたショックですぐには動けない様子だったが、やがて怒りで顔を真赤にして——。

いけない！　朋子の手に、テーブルに置かれた食事用のナイフがつかまれていた。刺すことはできなくとも、けがさせるぐらいのことはできる。私はパッと飛び出して、朋子の手を押えた。

「だめよ！」

と、耳もとで言うと、朋子がハッとしたように私を見る。

ダルタニアンが、大矢とその女のそばを、スッとかすめた。キラッと銀色の光が——。

「放して」

「だめよ」

と、私は首を振った。「見てらっしゃい」

「え？」

少し歩いて——あの女のドレスの背が、急にパッと割れた。

「キャッ！」

と、女が悲鳴を上げる。

ドレスが、フワッと外れて、女の体が、ほとんどむき出しになってしまった。

2 死の影

「――どうもありがとうございました」

と、大矢朋子は頭を下げた。

「いいのよ」

と、私は言った。「落ちついた?」

「ええ」

朋子は、ホテルの廊下を歩きながら、「父が私を叩(たた)いたことは許せないけど、でも、胸がスッとしました」

「喜んでいただけて幸いだな」

と、一緒に歩いているダルタニアンが、会釈する。

ダルタニアンの手練の剣が、あの女のドレスの糸を切ってしまったのだ。しかし、やられた方も気付いていないだろう。

「本当に、凄い！　信じられないわ」

朋子はすっかりダルタニアンの手並みにしびれている様子。「よくやるんですか、あんなこと」

「まさか！　痴漢じゃあるまいし」

朋子は、甲高い声で笑い出した。

笑っていると、本当に、平凡な十五歳の女の子だ。

――しかし、パーティの席を出て、改めて話を聞いてみて、びっくりしてしまった。私の知っていた大矢という人は、ともかくけじめのはっきりした、商才のある人で、いい意味での常識人だった。

もちろん、大きな企業を成功させるまでには、色々あったには違いないが、およそ女に溺れる、というタイプではなかった。

その大矢が、本社の仙台に、今は月の半分も腰を据えず、年中東京に出て来て、あの女と会っているという。――浅井聖美。

もちろん、私は初めて聞く名だ。

「母が可哀そうで……」

と、朋子は、言った。

一人っ子の朋子は、むしろ父親っ子だったらしいのだが、今はすっかり父を嫌っている。

「もちろんお母さんも、話はしてるんでしょ、お父さんと」

と、私は訊いた。

「ええ。でも――今はもう諦めちゃって」

と、朋子は肩をすくめた。「私も、父に期待するのはやめたんです。でも今夜だけは本当に腹が立って――」

「どういうことだったの？」

「あのパーティに、私と母も出ることになっていたんです。そのために、わざわざ昨日、仙台から出て来たんですもの」

「そうだったの」

「ところが、父は迎えにも来ないで。――ホテルは分かっていたんで、ともかく二人でそこへ入り、連絡を待ってました。今日、会社へ電話すると……。父は、私と母に、パーティには出るな、と」

「ひどいわね」

「あれこれ言いわけしてましたけど、本当のところは分かってます。あの女が、どうしても連れてってくれ、と父にせがんだんです……」

「そうでしょうね」

「母は泣いてましたが……。私、堂々と出てやろうよ、って母に言いました。でも、母は、父が恥をかくからって……。私、放っとけなくて、ああして、父に言ってやりたかったんです」

朋子の気持は、私にもよく分かった。

——私たちはホテルの二十階へ上って、朋子と母親の泊っている部屋へと向った。

「この部屋です」

と、朋子が足を止めた。「本当にお世話になりました」

「いいえ」

と、私は首を振って、「うまくいくといいわね」

朋子は、チャイムを鳴らしながら、

「どうぞ母に会って行って下さい」

と、言った。

「でも、突然じゃ、ご迷惑よ」

「そんなことないです。どうぞ。——お母さん、どうしたのかな」

一向に出て来る気配がないのだ。

「お風呂（ふろ）でも――」

「でも……」

朋子は肩をすくめて、「あ、そうか。キーを持ってたんだ。入れるわ」

ポケットからルームキーを出した。

最近のホテルのルームキーは、昔のように大きくて重い、というものは少ない。このホテルのものも、簡単にポケットへ入れられる大きさだった。

「――じゃ、ちょっと中を見てきます」

と、朋子が言って、ドアを開け、「お母さん。――お客様よ。お母さん」

中へ入って行って、ドアが閉る。閉るとオートロックである。

ダルタニアンが、靴の先で、ドアを止めた。

「どうしたの？」

「いや……。どうもいやな予感がします」

「え？」

「――お母さん！」

朋子の叫び声がした。「お母さん！――誰（だれ）か来て！」

私たちは急いで中へ飛び込んだ。

朋子が、バスルームのドアから、よろけるように現われた。真青(まっさお)だ。

「朋子さん！」

朋子の両手に、赤いものが――血が、べっとりとついていた。

「――こりゃいかん」

ダルタニアンが一目中を見て言った。「お嬢さん、すぐフロントへ電話を。カミソリで手首を切っている」

「分かったわ」

私は電話へ飛びついた。

すぐにフロントの人間から警察へ連絡が行くはずだ。

――私はバスルームへ行った。

タイル床に、血が広がって、中年の女性が、ガウン姿で、そこに倒れている。

ダルタニアンは、タオルで、その女性の腕をきつく縛った。

「どう？」

「息はあります。出血が多いが……」

「廊下へ出て、待ってるわ」

私が、ドアを開けると――。「ホームズさん!」

「何かありましたか」

「ええ……」

ホームズ氏が中へ入って行く。

どうしてここが分かったんだろう? 全く不思議な人だ。

廊下を、ホテルの人が数人、走って来るのが目に入った。


部屋のドアが開いた。

ルームキーをフロントへ預けておいたので、受け取って来たのだ。

明りを点けて――大矢守は、びっくりした。それはまあ、当然のことだ。

見知らぬ女が部屋のソファに座っていれば、びっくりする。

「君は……」

「部屋を間違えたわけじゃありませんよ」

と、私は言った。「大矢さん、お久しぶりです」

大矢は、眉を寄せて、

「君は――誰だ?」

少し酔っているらしい。舌がもつれていた。

「鈴本芳子です。——ご記憶ですか」

「鈴本——。ああ、鈴本さんのお嬢さんか！　いや、びっくりしたな」

と、大矢は頭を振って、「前にお会いした時はまだこんなに小さかった……。しかし、どうしてここに？」

「パーティで、お嬢さんにお目にかかったんです」

「朋子に？」

大矢は、目をパチクリさせて、「そうですか。じゃ——見てたんですね」

「ええ」

「いや……。あれも難しい年ごろで」

大矢は、ベッドに腰をかけた。「すると——あれたちは、仙台へ帰ったのかな」

「バスルームをご覧下さい」

「バスルーム？」

「ええ」

大矢は、ネクタイを外しながら、歩いて行った。

もちろん、すぐに戻って来た時は、青ざめていた。

「あれは――あの血は――」

「奥様がカミソリで手首を」

大矢はぐらっとよろけた。

大矢は、がっしりした、大きな男だ。その大柄な体がよろけるさまは、哀れだった。

「命は取り止めるようです」

と、私は言った。「今、朋子さんは病院で付き添っています」

大矢は、がっくりとベッドに座ると、

「和子（かずこ）！」

と、呟（つぶや）くように言った。

奥さんの名が和子というのだった。私もやっと思い出した。

「――どうします？」

と、私は言った。「病院へ行かれますか？」

「もちろんです」

「朋子さんに殴（なぐ）られるかもしれませんよ」

大矢は、深くしわを額に刻んで、

「私も辛（つら）いんだが……。大人の気持は娘には分かりませんよ」

と、言った。

「確かに」

私は肯いて、「人間、どうしようもなく、誰かに心ひかれたりすることはあるものですわ。でも、そこをどう責任を取るか、それが人間の違いというものじゃないんでしょうか?」

大矢は、立ち上がって、部屋の中を歩き回った。

「——全く。お恥ずかしい話だ」

と、首を振って、「しかし、私にはあの女を諦めることができんのですよ。いくら笑われ、恨まれてもね」

「浅井聖美さん、といいましたね」

「そう。——体ばかりの、頭の空っぽな女と見えるでしょうが、あれでなかなか商才のある女です」

「分かります」

「また、男の気持をつかむのが、実にうまくて……」

大矢は、窓から、外を見下ろしながら、「私だって、あの女が矢島の愛人でなかったら、そこまでのめり込まなかったでしょう」

「矢島さん？　確か、一緒に会社を始められた――」

「そうです。大矢、矢島、矢田」

「思い出したわ。三本の矢、だと父が言っていました」

「三本の矢も、脆(もろ)いものだ。女が一人入るとね」

大矢は、唇を歪(ゆが)めて、笑った。「矢島が、まずあの女のとりこになった。――私は、別れろ、と言い聞かせるつもりで矢島のマンションへ行き、あの女に会った……」

「それで一目で――」

「あの女は、互いにやきもちをやかせるように、うまく仕組むんです。夕食に誘っておいて、待っていると、矢島と腕を組んでやって来る。ホテルへ入ると、こっちがシャワーを浴びている間に、姿を消す、という具合にね」

好きなように操られているのだ。――男なんて哀れなもんだ。

「その女のことは、あなたがご自分で解決なさるべきことですものね。――ともかく、今は病院へ」

「分かりました」

「幸い、このすぐ裏手の大学病院です。病室は八〇三です」

「分かりました」

大矢は、肯くと、「色々、どうも――」

と、会釈をして、急いで出て行った。

私は、ホテルの駐車場へ入った。

「――お待たせしたわね」

「お嬢様、どうぞ」

と、一江がドアを開けてくれる。

一江が最近免許を取って、やたらに私を乗せてあるきたがるのである。

毎朝、顔を見ると、

「お嬢様、お出かけのご用は？」

と来る。

そう毎日、出てられますかって！

「あら、ホームズさん」

後ろの座席に、ホームズ氏が座っていた。

「ご一緒してよろしいかな？」

「ええ、もちろん」

他人行儀なところも、この人らしい。

「では、出発！」

一江がいい気分で車を走らせる。

「――ね、一江さん」

と、私は思い出して、「あなた、パーティで、アルコール飲んでたんじゃないの？」

「もうさめてます。大丈夫！」

「でも……。もし引っかかったら――」

「突っ走って逃げます」

乗るんじゃなかった！

しかし、もう手遅れである。運を天に任せて、私は座席に落ちついた。

「――全員無事に戻ったのかしら」

「大丈夫。しっかり、ローストビーフを盗んだのもいます」

「誰？」

「ジャン・バルジャンです」

「なるほどね」

と、私は肯いた。

「あの亭主は？」

「大矢さん？」

私が大矢との話を聞かせると、ホームズ氏は難しい顔で肯いた。

「——そういえば、ダルタニアンは？」

と、私は訊いた。

「病院です」

「まだ。じゃ、迎えに行きましょう。もう、ついていても仕方ないし」

「いや、まだついていた方がいいです」

と、ホームズ氏は言った。

「どうして？」

「あのカミソリは新品でした」

と、ホームズ氏は言った。「しかし、あのバスルームも、部屋の方も、くずかごに包み紙がなかった」

「え？」

「買ってすぐ捨てるわけはない。あの部屋の中で捨てたはずです」

「じゃ——」

「でなければ、あのご婦人が買ったのではないということです」

「ホームズさん」

「それに」

と、ホームズ氏はつづけて、「あのご婦人は、ガウンを着て、倒れていました。しかし、あの人なら、もっときちんとした格好で、手首を切るでしょうな」

「それじゃ――自殺しようとしたんじゃないの？」

私は目をみはった。

「おそらく誰かが、あのご婦人を眠らせた上で、自殺に見えるように、手首を切ったのでしょう」

「何てこと！　ダルタニアンは知っているのね？」

「だからこそ、病院に残してあるのです」

「でも……なぜあの奥さんを？」

私は、ゆっくりと肯いた。

「どうも、複雑な事情が絡んでいるようですな」

「殺人未遂となると、大分事情は変って来るわね」

「さよう」

ホームズ氏は肯いて、「我々の出番かもしれません」

「そうね。——少し探ってみる必要があるかもしれないわ」

「どうやって？」

「ご存知？」

私はホームズ氏を見て、「会社の内部を知るのに一番いいのは、ＯＬになること」

「ほう。すると、あなたが？」

「私は向いてないわ」

「それでは——」

私は、楽しげにハンドルを握っている一江を見て、しばらく、車から遠ざけた方がいいかも、と考えていた……。

3 取引

「少しお待ち下さい」

と、いささか素気(そっけ)ない調子で言われて、中代は座り直した。

お手伝いの女性は、見たところ二十五、六だろうか。がっしりした体つきで、いかにも丈夫そうだが、およそ色っぽいという感じではない。

中代は、応接間の中を見回して、

「うちのリビングより広いな」

と、呟(つぶや)いた。

まあ、確かに、三矢産業の常務にふさわしい、立派な屋敷である。

しかし——矢田常務は、この家に、たった一人で住んでいるのだ。もちろん、あのお手伝いの女性は別だが、独身で、親兄弟とも完全に別居している。

三矢の三人の中でも、常務の矢田は、一風変っているのだった。

中代は、タバコを取り出して、くわえた。火をつけようとして、灰皿がないのに気付きあわてて、火のついたマッチを吹き消した。

そうか。矢田常務もタバコはやらなかったんだ。

しかし——このマッチをどうしよう？

まだ煙が細く出ているマッチを持って、困っていると、ドアの外にスリッパの音がした。

あわててマッチをポケットへ入れてしまう。ドアが開いて、

「やあ、待たせたね」

矢田が入って来る。

「いえ、とんでもない」

中代は、立ち上がって、深々と頭を下げた。

「気楽にしてくれ。——何か燃やしたかな」

と、煙の匂(にお)いに気付いたらしい。

「あ、いえ——あの、ちょっとその——」

「窓を開けよう」

矢田は自分で窓を開け放って、「いや、タバコなんて非人間的なものをすう奴(やつ)の気

が知れないよ」

「は、ごもっともで」

「本社でも、タバコをすう奴は出世できないというのが知れ渡って、みんな禁煙しているんだ」

と、矢田はソファに座って、両手を組み合わせた。「おかげで、感謝されているよ。ぜんそくの治った者もいるし、子供がいつものどをやられていたのが、ピタッと止った、というのもいる。——今は本社では、全社禁煙だよ。東京支店ではどうだね？」

「は、あの——」

中代は、ちょっと詰ったが、「全く、私も同感でございまして。いや、本当にあんな体に良くないものをいつもポケットに入れているような奴は、人間的に問題がある、と常々話しております」

「同感だね」

と、矢田は肯いた。

「近々、事務所内禁煙ということにしたらと思っていたところでして……」

「いや、それは結構な話だね。——ところで、わざわざ東京から、何の用かな」

中代は咳払い（せきばら）いをした。

ドアが開いて、あのお手伝いの女性が、お茶を出して行った。

「ミネラルウォーターで出した、ウーロン茶だよ。体にいいし、実に旨い」

「は、いただきます」

中代は、かしこまって飲んでいたので、およそ味など分からなかった。

東京支店長といっても、中代がこの矢田に会うのは、せいぜい五、六回目、である。

こうして、一対一で話をしたことなど、それまでに一度もない。

三矢産業は従業員の数などからいえば、決して大企業ではないが、ともかく、大矢、矢島、矢田という三人が、はっきり分担を守って細かく目を届かせているので、中代なども、実質上は課長クラスの権限しか与えられていない。

特に東京は、常に矢島がいて、事実上、中代は矢島の指示を待って仕事をする、という立場だったのだ。

中代自身、そういう立場を、面白くないと思っていたのは確かである。しかし、だからといって――もう中代も四十代の末である。

大矢、矢島、矢田の三人は同年輩だから、五十歳を少し過ぎたところ。中代と大して変らないはずだ。

中代も、今から野望に燃えて出世してやろうと決心するほどの意欲もない。ただ

——今の状況の中で、多少とも得ができれば、と思っているだけなのだ。

「仙台にはあまり出て来ないようだね」

と、矢田が言う。

矢田にとっては、仙台へ「出て来る」のだ。面白いものである。

「はあ、実は——」

と、中代は茶碗(ちゃわん)を置いて、「今日うかがったのは、仕事上の出張ではございません」

「ほう」

「休暇を取って、参りました。今日中に東京へ戻るつもりです」

「休みを一日、潰(つぶ)して私に会いに来た。なるほどね」

矢田は肯いて、「どんな用件かな?」

「はあ……。おそらくご承知かとは存じますが」

中代は言葉に用心しながら、「大矢社長がこのところよく東京へみえます」

「そのようだね。奥さんが、入院されているそうじゃないか。具合はどうなのかな」

「はあ。——傷の具合はいいようですが、まだショック状態で」

「傷の具合? 私は大矢から、急性の胃炎と聞いているよ」

「そうですか。実は——」

中代は、少し間を置いて、「手首をカミソリで」

「自殺？」

矢田は、本当にびっくりしているようだった。「何てことだ！　確かなのかね、それは？」

「はい。原因も分かっております。女です」

「女、か」

矢田は、首を振って、「矢島のことは聞いている。例の浅井とかいう女だな」

「その女に、大矢社長もすっかりのめり込んでおられまして……」

「ふむ」

矢田は、少し考えて、「三人の内の二人まで、か。――それはまずいな」

「はあ？」

「三人の内一人なら、それがどの一人だろうと、大丈夫。他の二人がしっかり支えていれば、会社はもつ。しかし、二人がだめとなると、問題だな。しかも、同じ女に惚れている、か……」

「そうなんです」

と、中代は、少し身を乗り出して、「今日こうして、突然うかがったのは、心配だったからです。矢島専務、大矢社長の二人が、あの浅井聖美という女の思うままになっているのでは、三矢産業そのものまで、あの女の思い通りにされてしまうかもしれない、と……。もちろん、社長はしっかりした方ですから、仕事は仕事、そういう関係は別、と割り切っておられるとは思いますが」

「いや、そうとは限らない」

と、矢田は首を振った。

「といいますと──」

「男と女の仲くらい、予想のつかないものはないよ。だからこそ、面白いんだがね」

「はあ」

矢田は、ゆっくりとお茶を飲み干して、

「いや、私も気にはしていた。しかし、そこまで行っているとはね。ここにいると、なかなか本当のところ、分からないものなんだよ」

と、言った。「大矢が東京へ行って、電話をよこす。それぐらいしか、こっちには情報は入って来ないからね」

「そうですか。──奥様の事件で、確かに、社長も一度は後悔されたようですが、やはり女と手を切るところまでは……」

「それはそうだろう。――それで、矢島の方は？　その女と、まだ続いているのかね？」

「それが――」

と、中代は、別に周囲に人がいるというわけでもないのに、声を低めて、「矢島専務の行方が、このところ分からないんです」

「何だって？」

矢田は目を丸くした。「行方不明？」

「はい。今、社長も心配されて、手を尽くして捜しておられます」

「しかし、何も聞いていないよ、そんな話は――」

「隠しておられるんです。もちろん社のためにも悪い噂は困りますから」

「しかし私にまでね……。矢島の細君は知ってるんだろうね」

「はい。大矢社長が電話で大分話し込んでおられました。必ず見付けるから、誰にも言わないでくれ、と」

「ふむ……」

矢田は、息をつくと、「それはどうも早急に手を打つ必要がありそうだな」

「はあ。――矢島専務は、やはり彼女を大矢社長にとられた、というので、大変ショックだったようです」

「それは分かるがね……。じゃ、仕事の方はどうなっているんだ？」

「社長が片付けておられます。ですから一応問題なく進んではおりますが」

中代は、そう言って、自分のお茶を飲み始めた。

もちろん、この話を聞いて矢田がどうするかは、中代にも見当がつかない。しかし、少なくとも、将来、矢田が会社の中枢に座ることになれば、決して中代にもマイナスにはならないだろう。

矢田は、しばらく考え込んでいた。

「――常務」

と、中代が言った。「どうも、あの――私が余計なご心配をおかけしたのかもしれません。私、心配性でございまして」

「いや、君の話は、ありがたかった」

と、矢田は言った。「取り越し苦労なら、それでいい。万一、本当に会社に危機が訪れるとしたら、早い内に食い止めなくてはならない」

「はあ。私の話が、少しでもお役に立ちましたら……」

中代は、潮時だ、と思った。あまりしつこく居座れば、何か下心があって来たな、と思われる。

もちろん、下心がない、と言えば嘘になるのだが……。

「では、常務」

と、中代は立ち上がった。「お休みのところ、お邪魔しました」

中代も休暇だが、矢田も今日は休暇なのである。それを知って、中代は急遽、休みを取ってやって来たのだ。

もし、矢田が出かけていれば、むだ足になるところだった。

矢田は何も言わずに、考え込んでいる。

中代は頭を下げ、

「では、列車の時間がありますので、失礼いたします」

と、言って、応接間を出た。

――少し拍子抜けのような、しかし、少なくとも聞いてはもらえたという満足感で自分を納得させて、矢田家の玄関へと向う。

靴をはいていると、あのお手伝いの女性がやって来た。

「どうぞ、お構いなく」

と、中代は言った。

「もう一度、お寄り下さい」

と、その女性が言った。

「え？」

「旦那様が、もう少しお話ししたいとおっしゃっておいでです」

やった、と思った。

その表情を何とか隠して、

「では……」

もう一度、応接間へ通される。

「すまんね、何度も」

と、矢田が言った。

「いえ、とんでもない」

「どうしても、今夜、東京へ戻る用事があるのか」

「はあ……。いえ、まあそれは――」

「今夜は泊って行ったらどうだ」

と、矢田が言った。「ゆっくり話したいことがある」

「はあ」

「構わんか」

「分かりました」

と、中代は言った。「駅前のホテルにでも予約を入れておきます」

「何を言ってるんだ」

と、矢田は笑った。「この家は広くて、部屋はいくらでもある。ここへ泊れ」

中代も、さすがにびっくりした。まさかそんなことを言われるとは思わなかったのである。

「でも――よろしいんですか?」

「いいから、泊れと言ってるんだ」

「はあ。――では、お言葉に甘えて」

「どこかへ出て、晩飯を食べよう」

矢田は立ち上がった。「仕度をするから、待っていてくれ」

中代は、心臓の高鳴りが矢田に聞こえるのではないか、と思った。

夜、中代は、矢田の屋敷の離れになった部屋に泊ることになった。

夜も十一時を回っていたが、興奮しきっていて、なかなか眠れるものではない。

布団に入ったものの、目は冴えて、ますます眠気などどこかへ消えてしまった。

――いくら取られるか、中代などには見当もつかない料亭で、矢田は、中代に、浅井聖美の弱味をつかんでくれ、と頼んで来たのである。

「私は近くにいない。それに私が出向いて行けば、大矢も馬鹿じゃない。用心して、その女とあまり会わないようにするだろう」

と、矢田は言った。

大矢が、これ以上その女にのめり込まないようにすること。――それが矢田の注文だ。

「やってみます」

と、中代は言った。

「その代り、この事態が落ちついたら、君には本社の部長のポストを約束する」

部長だぞ！　本社の！

そこで頑張れば、専務や常務のポストも夢ではない。

中代が平然と眠れないのも当然のことだった……。

そして、ふと矢田が、

「せっかく遠くまで来てくれたんだ。今夜、みやげ物を届けるよ」

と、言っていたのを思い出した。

みやげ物？——今夜ったって、もう十一時だ。

忘れてるんだろう。まあ、あんな人はそういうところがある。

ともかく、明日、帰ったら、早速行動開始だ……。

眠れないまでも目をつぶっていると、何か物音がした。渡り廊下をやって来る足音。

起き上がると、部屋の戸がスッと開いた。

「誰？」

枕（まくら）もとの明りを点（つ）けると——。

びっくりした。十八ぐらいの、可愛（かわい）い女の子が、浴衣姿で入って来たのだ。

「今晩は」

「何だ、君？」

「矢田さんに言われて」

「常務に？」

「ええ。——おみやげだって」

その娘がさっさと浴衣を脱ぎ捨てるのを、中代は呆然（ぼうぜん）として眺めていた。

4 はみ出し者

全くもう！

大川一江は苛々しながら、コピーの機械のボタンを押した。

「エイ！　この野郎！」

車の運転をするようになって、やや言葉づかいが、男っぽくなってしまった。

自覚もし、反省もしているのだが、こういう、人のいない所に来ると、つい口から出てしまう。

「いい？」

と、お嬢様に言われて来たのだ。「ごく普通のＯＬのように振る舞うのよ」

――よく分かってますわ。

これ以上、普通のＯＬなんていない！

かどうか……。大体、一江はＯＬという経験がないのだ。どんなのが「普通」か分からないじゃないの。

さて――大川一江が、鈴本芳子の特命を帯びて三矢産業東京支店へアルバイトとして入社して、三日たっている。

特命を帯びて、って聞くと、何か格好がいいのだが（実際、一江は聞いた時、大喜びした）、その実態は――コピーとりとお茶出し……。

私もダルタニアンみたいに、ヒュッヒュッと剣を振り回して、大暴れしたいのに……コピーじゃね。

一江は、コピーを五十枚、機械が勝手にとっている間、手持ちぶさたにしていたが、その内、ふと思い付いて――。

コピー室のドアが閉っているのを確かめてから、やおら、

「タアッ！――ヤーッ！」

と空手の真似（まね）を始めた。

しかし、普通のOLの制服というのは、あまり空手をやるのに向いているとは言いがたい。

「ヤッ！」

と、足げりをしたとたん、バランスが崩れて、引っくり返りそうになった。「アワ

ワ……」

つかまったのが、スチールの椅子(いす)で、それがコピーの機械へ、勢い良くぶつかったのである。

「いたた……」

自分も尻(しり)もちをついて、一江は、立ち上がると、「本当にいやだわ、コピーって」

それで怒られては、コピーの立場(?)がないだろう。

それで腹を立てたのかどうか、コピーの機械が、急に、ガーッ、という音をたてて、煙を出し始めたのだ。

一江は仰天(ぎょうてん)した。スイッチをオフにしたが、全然止らない。

「ど、どうしよう！　ね、落ちついて！」

機械に落ちつけと言っても始まらない。

ギューッ、とかキーッとか、何だかしめ殺されそうな音をたてて、相変らず煙を出し、もともと狭いコピー室は煙だらけになってしまった。

一江は焦った。誰(だれ)か呼んで来なきゃ！

パッとドアを開けると、

「ワッ！」

前を通っていた男性が、引っくり返ってしまった。

「ご、ごめんなさい！」

と、一江は言った。

「ああ、びっくりした」

若いその男性社員は、起き上がると、「――火事かい？」

と、コピー室の煙を見て、言った。

「違うの。コピーの機械が煙を吐いて、止らないの」

一江はその社員を立たせて、「誰に言えばいい？」

と、訊いた。

「ああ、これなら大丈夫。――僕がみてあげるよ」

と、その若い社員、コピー室の中へと入って行った……。
二、三分すると、音が止って、しばらくして煙も大分薄らいで来た。
「――直ったよ」

「ありがとう！　良かったわ！」

一江は胸をなでおろした。「爆発したらどうしようかと思った」

「大丈夫さ」

と、その若い社員は笑って言った。「じゃ、もうちゃんとコピーはとれると思うよ」

「あの――」

と、行きかけるその男性に、一江は声をかけた。

「何か？」

「あの――ありがとう。私、大川一江」

「新しい子だね」

「アルバイトなの」

「そうか。僕は矢島忠男（やじまただお）。頑張って」

「どうも……」

至ってのんびりした足取りで歩いて行くその後ろ姿を見送って、一江はしばしポカンとしていた。

「――あら、一江さん、どうしたの？」

と、声をかけられて、ハッと我に返る。

「え、あの――」

「なあに、ポカンとして」

と、笑っているのは、一江が色々細かいことを教えてもらっている、ベテランの女性社員、小沢紘子（おざわひろこ）だった。

二十八歳。独身で、いかにも面倒見のいい、体型もややおおらかなタイプだった。

「いえ、コピーの機械が――」

と、事情を説明すると、

「ああ、よくやるの、あの機械。もう古いのよ」

と、小沢紘子は肯いた。「じゃ、忠男君が直したの？　彼、そういうの専門だからね」

「忠男君……」

「ほら、矢島専務の息子なのよ」

と、小沢紘子は言った。

「あの人が！」

「もちろん専務のコネで入ったんだけどね、この東京支店に。でも、全然才能ない人なの」

「へえ」

「要するに坊っちゃんだから。営業もだめ、経理もだめ。――結局、総務で雑用係なのよ」

「へえ」

「だけど、合ってるみたい。機械いじりとか好きなのよ。だからね」

「そうですか……。あれが矢島専務の……」

と、まだ半分ぼんやりしている。

「そう悪い子じゃないのよ。二十二歳だけど、十九ぐらいに見えるでしょ」

本当だ。一江も、てっきり自分と同じくらいと思っていたのである。

「優しい人ですね」

と、一江は言った。

「うん。――あんた、惚れたの？」

小沢紘子が冷やかすように言うと、

「まさか！――そんなことないです」

と、一江はあわてて言った。

「そう。ま、やめといた方が無難ね」

「そうなんですか？」

「前はね、そりゃもてたわよ。ともかく三矢の内の一本だしね。一人息子。――将来を考えりゃね。女子社員、こぞって、あの忠男君を狙ってたわ」

「小沢さんも？」

「よしてよ」

と、小沢紘子は笑って、「――当り前じゃないの」

と言った……。

「でも、今は――」

「何しろ矢島さんが女に溺れて、仕事なんか放ったらかし。あげくに行方不明でしょ」

「聞きました」

「もうすぐ矢島さんは失脚ね。いえ、とっくに失脚してるのかもしれないわ」

「だから、忠男君も？」

「そりゃ、親がいなかったら、あの子なんて、たちまちクビよ。で、今はみんなワーッと逃げて散っちゃったわけ。だから、それを承知で捕まえたいのなら、今が狙い目ね」

「はあ！」

一江は肯いて、それからハッとすると、「別に私、そんなつもりじゃありません！」

と、宣言したのだった……。

「あら」

と、一江は言った。

「やあ、君か」

と、矢島忠男は、しばらく一江を見つめてから、やっと分かった様子で言った。

「昼間はありがとう」

と、一江は言った。

「いいんだ。僕はあれが仕事なんだよ」

「そうですってね。でも、嬉しかったわ」

一江は少し間を置いて、「――ね、甘いもの、好き？」

「甘いもの？――僕ってそんなに甘党に見えるかなあ」

と、不本意そうに言う。

「ごめんなさい」

と、一江は急いで言った。「勝手に想像しただけなの」

「当り」

「え？」

忠男はニヤッと笑った。

「――ひどい！」

と、一江も笑った。

かくて――二人の初デートは、ケーキ屋となった。

甘党といっても、矢島忠男の場合は、中途半端ではなかった。

いくら少々小ぶりとはいえ、ケーキを四つも取って食べたのだ！

「――ね、あなたのこと、小沢さんから聞いたわ。大変ね」

と、コーヒーを飲みながら、一江は率直に切り出した。

「父のこと？」

「そう」

「まあ、無事でいてくれりゃね。――僕のことはどうでもいいんだけど」

「行方、全然つかめないの？」

「さっぱりだ」

「あの女の人も、知らないのかしら」

「浅井聖美？――訊いてもいない。そんなことしたくないしね」

忠男が、初めて怒りの色を見せた。

「それはそうね」

「どっちにしても、生きてりゃ、必ず連絡して来ると思うよ」

と、忠男は呑気なことを言っている。

「そうね。——でも、忠男さんって強いのね」

「とんでもない。小さくなって生きてるよ、いつも」

と、忠男は笑った。

「——お母さんは？」

「お袋は仙台の方だ。親父のことで、すっかり家にとじこもってるらしい」

「当然よ」

と、一江は言った。「いいの？　ここにいても」

「親父を見付けなきゃ。一応、色々手は尽くしているんだけどね」

「きっと元気でいるわよ」

と、一江は慰めた。

「ありがとう」

と、忠男は微笑した。「——ね、君、名前何だっけ？」

一江は笑ってしまった。

相手が忠男だと、腹も立たない。

「大川一江。――今度は憶えた？」

「大川一江、ね……。うん、何とか」

「頼りないのね」

「三回聞かないと、だめなんだ。まだ一回は忘れそうだな」

「何度でも教えてあげるわ」

と、一江は言った。

「――もう、三日しかない」

と、忠男が、やや沈んだ調子で言った。

「何のこと？」

「うん……。会社の重役会があるんだ。今のところ、親父も出ることになってる。でも、もしそれまでに戻らなかったら……」

「でも、矢島さんって、偉い人なんでしょ？」

「大矢さん、矢田さんの二人が協力したら、うちの親父は外されるよ。支援してくれる人もいない」

「私、支援してあげる」

と、一江は思わず言った。

「ありがとう」

忠男は本当に嬉しそうだった。

――二人はケーキ屋を出て、何となく立っていたが、

「――じゃ、ここで」

と、一江は言った。「ごめんなさい、おごらせちゃって」

「君はケーキ一つ、僕は四つだよ」

と、忠男は笑って、「これで払わせるわけにはいかないさ」

「じゃ――また明日」

「さよなら」

二人は別々の方向へ歩き出して……。

「――ねえ」

と、忠男が、足を止めて振り向いた。

「え？」

と、一江が振り返る。

「君、名前何だっけ」

と、忠男は言った。

5　恋する娘たち

「お願いです！」

と、一江が、床に座り込んで頭を下げた。「何とかしてあげて下さい」

私は、ため息をついて、ホームズ氏と顔を見合わせた。

「――でも、どうしろって言うの？」

と、私は言った。「うちは警察と違って、全国組織を持ってるわけじゃないのよ。いなくなった人を見付けるなんて、そう簡単にできるわけないわ」

「そこを何とか」

一江は、しつこく粘っている。「お嬢様の美貌（びぼう）をもってすれば、何とかなりますわ！」

「変なところでお世辞言わないで」

「私、もしどうにもならなかったら――」

「一生、OLをやります！」

という変な脅迫文句を残して、

「じゃ、夕食の仕度をします」

と、一江は居間を出ていった。

——私は、頭をかかえて、

「作戦を誤ったわ」

と、言った。

「——仕方ありませんな」

ホームズ氏はニヤニヤ笑っている。

「呑気(のんき)なことを言って！」

「一江さんは二十歳、恋する年ごろです」

「あら、私だって同い年ですよ」

と、私は、ちょっとむくれた。

「しかしね、一江さんのことは、あなたもよく分かっている。あの子の恋をぶちこわすのは可哀(かわい)そうでしょう」

「そんなこと言われても……。まさか、矢島の息子に恋しちゃうなんて！」

「しかし、聞いた限りでは、そう悪い人間とも思えませんが」

「そりゃ、恋をすりゃ、アバタもエクボって言うんですよ。――イギリスじゃ知りませんけど」

と、私は言った。

「しかし、アバタでも、何か
あるには違いない」

と、ホームズ氏は言った。「恋は恋です。――それに、矢島が行方不明という点が、結構、今度の事件の鍵になっているかもしれません」

私はホームズ氏を見た。

「どういう意味？」

「説明は後。出かけませんか」

「どこへ？」

「大矢夫人の入院している病院です」

「いいわね。でも、夕食の後ってことにしましょうよ」

と、私は言った。

「どうも色々と……」

と、大矢朋子が、礼を言った。

「お母さんはどう？」

私は、個室の病室のドアを見ながら、言った。

「ええ。——傷の方は順調に。でも、ボーッとしていて、記憶が戻らないみたいなんです……」

「まあ、心配ね」

と、私は言った。

「問題は、果して夫人が犯人を見ているかどうかですな」

と、ホームズ氏が言った。

——ダルタニアンをそばにつけておくには、母親の自殺未遂が、実は偽装だったと、朋子に説明しなくてはならなかったのだ。

「犯人を見ていたとすれば、母の記憶が戻れば犯人も分かるわけですね」

「見ていなければ、見張っていてもむだなわけだが……」

「でも、念のためだわ」

と、私は言った。「ダルタニアンは？」

「病室の中です」

「入っても？」

「ええ、もちろん」

ドアが開くと、中は、立派な個室で、さすがに大矢も、いくらかは責任を感じているのだろうと思われた。

「——ダルタニアンは？」

「あそこです」

と、朋子が指したのは、病室の隅、ちょっと入口からは死角になって見えない所だった……。

椅子を置いて、ダルタニアンが、眠っている。

「眠ってちゃ仕方ない」

と、ホームズ氏が顔をしかめた。

「だって、もう何日も……」

と、朋子は感動している様子で、「私、一つうかがいたかったんですけど」

「なあに？」

「ダルタニアンさんって、いくつですか？」

「年齢？」

「ええ」

「どうして？」

「私、十五でしょ。――十八で結婚するとして、あと三年、ダルタニアンさん、待っててくれるかしら」

私は、再びショックを受けた。

どうも今回は、「許されざる恋」に身をやく事件らしい。

でも……何で、私には男が現われないわけ？

私はいささか不愉快だった……。

「おい、ダルタニアン」

と、ホームズ氏が、歩いて行って、「誰か来たら、どうするんだ」

「ご心配なく」

ダルタニアンは、じっと目を閉じたまま、答えた。

「起きてるの？」

「今、起きました」

と、顔を上げ、「ご心配は無用。誰か入ってくれば、即座に目覚めます。そうでなければ、ナイトとは申せません」

クルッとステッキが回る。

「すてき！」

と、朋子はウットリと眺めている。

——全く、困ったもんだ。

私はため息をついた。


「——お嬢様！」

屋敷へ帰ると、一江が飛んで来た。

「どうしたの？」

「今、私、あの人の所へ電話したんです！」

「あの人？」

「矢島忠男の所です」

「そう」

と、私は肯いた。「まさか、それだけ言いに、飛び出して来たんじゃないでしょうね」

「いくら何でも——」

「ごめんなさいね。つい、ね……。で、何だっていうの？」

「矢島さんが見付かったんですって」

「無事だったの？」

「ええ、でも……」

「何なの？」

「自分のこともろくに分からないようだ、って言うんです」

「自分のことも？」

「ええ。――まるで浮浪者みたいななりで歩いていたって」

私とホームズ氏は顔を見合わせた。

「行ってみましょう。どこにいると言った？」

「聞いておきました。すぐ車を出します！」

と、一江が駆けて行く。

私はホームズ氏へ言った。

「生命保険に入っていた方がいいかもしれないわよ」

――しかし、忠男のことを想うあまりか、一江の運転は、割合にまともだった。

まあ、途中、白バイやパトカーに出合わなかったのが幸運には違いないが……。

忠男は今、父親が使っていたマンションに住んでいる。

五〇三号室へ、私たちが訪ねて行くと、矢島忠男が、ふいに出て来て、

「君か」

と、一江を見て言った。

「名前、忘れた？」

と、一江が訊く。

「いや、一江君だ。憶えてる」

「良かったわ、憶えてもらって……」

二人は私たちの目の前でキスした。——全く、何やってるんだか！

「あのね、通してもらえる？」

と、私は一江をつついた。

「あら、お嬢様、何してるんですか？」

と、一江は言ったのだった……。

——ともかく、やっと私とホームズ氏は中へ入れてもらった。

「君にすっかり迷惑をかけたね」

と、忠男が言った。

「いいえ。——このお二人に頼めば、きっと何とかして下さるわ」

と、一江は勝手に請け合っている。

「待ってよ」

と、私は言った。「ともかくまず、会わせてちょうだい、あなたのお父さんに」

忠男は肯いて、

「こっちです」

と、奥の方へと案内した。

寝室のベッドに、男が一人、座っていた。

髪はボサボサで、ひげものび放題。そしてガウンを着ているが、汚れ、あちこちが裂けている。

ボーッとしたうつろな目で、私たちを見た。

「――分かってるのかしら」

「いや、僕のことも分からないんですからね」

と、忠男は首を振った。

「怖いわね、恋の苦しみって」

と、私は呟いた。

「全くですな。私は賢明にも恋とは縁がなかった」

と、ホームズ氏は言った。

「治らないの?」

と、一江が言った。

「さあ……。ともかく時間がかかるだろう。三日後の、重役会までには、とても――」

と、忠男は首を振った。

「お嬢様! 何とかしてあげて下さい!」

と、一江はギュッと私の手を握る。

「でもね……。ホームズさん」

「私も、何とかすべきだと思いますね」

と、ホームズ氏は言った。

「でも――」

「もし、これが計画的なものだったら?」

「計画的って……」

「つまり、浅井聖美が、この男をわざと、苦しめて振ったのだったら……。何か理由があるはずです」

「それが三日後の重役会だと?」

すしかありません」

ホームズ氏は肯いて、「それなら、こっちとしては、仕掛けた側の企み(たくら)を叩き(たた)きつぶ

「かもしれません」

「賛成！」

と、一江が手を叩いた。

「ちょっと、乗りすぎよ」

「すみません」

一江がペロッと舌を出す。

「といって……どうするか、ね」

と、私は考え込んだ。

「要は、その重役会に出席すればいいんでしょう？」

と、ホームズ氏が言った。

「それが大変なのよ。この状態で連れて行けないでしょ」

「そうとも限りませんよ」

「じゃ、ともかく連れて行って、座らせておく？」

「いや、それは困ります」

と、忠男が言った。「父の立場が、それじゃ最悪になる」

「要求が多くて困るわ」

と、私はぼやいた。

「ここは一つ、私のライバルの登場を頼むしかありませんな」

と、ホームズ氏が言う。

私は、ゆっくりと肯いた。

「そうか……。分かったわ」

「いかがです」

「それしかないようね」

私は、忠男の方へ、「ね、それまでの三日間、この方を借りていい?」

「父を? どうするんです?」

と、忠男が訊いた。

「一江さんの得意なことよ」

「え?」

「コピーをとるの」

と、私は言った。

6　重役会

「お待たせしました」

大矢社長が、会議室へ入って来ると、今までやかましいほど声が飛び交っていた会議室の中は、シンと静まりかえった。

大矢は、席についた。

「――では、早速……」

と、中代が立ち上がって、議事を進めようとすると、

「待ってくれ」

と、大矢が止めた。

「は？」

「もう一人来ることになっている」

と、大矢は言って、「この隣に、席を作ってくれ」

「はあ。――かしこまりました」

中代が部下に合図すると、すぐに椅子一つが運ばれて来る。資料が一揃い、机に置かれると、

「それでいい」

と、大矢は肯いた。「もうじき到着するはずだ。それまで開会を待とう」

「分かりました」

中代が腰をおろす。

大矢は、テーブルをぐるっと見回して、一つ、空席を見付けた。

「その空席は？」

「はあ。――矢島専務です」

と、中代が言った。

「社長」

と、仙台から上京して来た部長の一人が、

「矢田常務も心配しておられます。矢島専務はどうなさったんですか」

大矢は、ゆっくりとお茶を一口飲んで、中代へ、

「苦すぎるぞ」

と、言った。

「すぐにお取りかえします」

お茶を出している女の子が飛んで来る。

「君、苦いよ。もう少し薄目に」

「はい」

一江である。「お砂糖でもいれます?」

「君!」

「矢島君のことは――」

と、大矢が言い出した。「私も気にしている。しかし、目下のところ私も彼がどこにいるのか、つかめない状態なんだ」

「しかし、それは問題ですね。専務が出社もせず、行方も知れないというのは」

「分かっている」

大矢は肯いて、「そのことについても、今日、話し合うつもりだ。――来たらしいな」

コツコツ、という足音がして、ドアが開いた。

「――遅くなりまして」

と、浅井聖美がにこやかに微笑（ほほえ）んで、一同に会釈すると、大矢の隣の席へと歩いて行き、わざとらしい、ゆっくりした動作で、座った。

さすがに、パーティのような大胆なドレスではない。スーツ姿だが、その存在そのものが異様なものと思えた。

「――社長」

と、部長の一人が発言した。

「何だ」

「そちらの女性は、どういう資格で、この重役会に出席されているのですか」

大矢は、平然として、

「知っているだろう。K貿易社長の浅井聖美氏だ」

「それは存じていますが」

「この席には、顧問として出席している」

「顧問？」

「そう。私の個人的な顧問としてだから、ここで説明の必要はないだろう」

他の面々が顔を見合わせた。

「何か言いたいことは？」

と、大矢が訊いた。「――なければ結構。では、中代」

「はい」

中代は立ち上がって、「まず前回議事録についての訂正が何箇所かございますので――」

ドアが開いた。誰もがギョッとして顔を上げる。

「――何だ、おい！」

と、中代が苛立たしげに、「早く外へ出せ！」

どう見ても浮浪者という感じの男が、会議室へ入って来たのだ。

部下が何人か、急いでその男の方へ寄って行くと――。

「専務さん。お席はあちらです」

と、一江が言った。

人々がどよめいた。

「――矢島」

と、大矢が呆然として、眺めている。

矢島は、空いた席まで、のろのろと歩いて行って、椅子を引き、腰をおろした。

「矢島。どこに行ってたんだ！」

と、大矢が言った。

「心配してたんだぞ、本当に!」

だが、矢島は、大矢の言葉など耳に入らない様子で、資料をめくると、

「進めてくれ」

と、言った。

中代はどうしたものかと、ためらって大矢を見た。

「進めろ」

と、大矢が言った。

「では——」

中代がメガネを直して、咳払いする。

「待って下さい」

と、それを遮ったのは、浅井聖美だった。

「三矢産業の会議では、あんな服装が許されるのですか?」

聖美の冷ややかな目は、浮浪者のような矢島に向いていた。

「もちろん、この席はファッションショーではありませんわ」

と、聖美は言った。「でも、常識の最低限度はお持ちいただかないと。——あんな

格好で出席される方は、その判断力を疑われても、仕方ないでしょう」

誰も口をきかない。

興味津々（しんしん）の目が、大矢に向って、注がれている。

「まあ、いいじゃないか」

と、大矢は聖美へ言った。「ともかく行方の知れなかった矢島が戻って来たんだ」

「私は気に入りません」

と、聖美は言った。「考えて下さい。これは重役会ですよ。品位というものが必要です」

大矢も困ったように、矢島を見た。

すると――矢島が、余裕たっぷりの様子で、浅井聖美を見たのだ。

「しかしね」

と、矢島は言った。「あなたは、取引の時、何も着ていないじゃないかね」

聖美が、サッと青ざめた。

会議室は一瞬、間を置いてから、笑いに包まれた。

その笑いは、甲高い爆笑になる。

聖美は真青になって、矢島をにらんでいたが、やがてパッと立ち上がると、大股（おおまた）に歩いて、会議室を出て行ってしまった……。

笑いが鎮まると、

「——さあ、進めよう」

と、矢島が言った。

大矢が立ち上がった。

「今日は中止だ！」

と、怒鳴る。

「社長——」

中代が目を丸くする。

「中止だ！」

大矢は、足早に会議室を出て行った。

後には戸惑いが残った。

「——聞いただろう」

矢島がゆっくりと立ち上がると、「中止だそうだよ」

資料をかかえて、ゆっくりと会議室を出て行く。

中代がぼんやり突っ立っている間に、次々に出て行って、会議室は空になった。

「——あの、支店長」

と、一江が言った。

「ん？　何だ？」

「出すはずだったお菓子、どうします？」

「好きにしろ」

と、中代は顔をしかめて言った。

「わあ、やった！　持って帰ろう」

一江は大喜びで跳び上がった……。


中代は、会議室で一人になると、コードレスの電話を持って来て座った。

「——もしもし、矢田常務ですか」

「中代君か。どうだね」

中代は、重役会の騒ぎを伝えた。

「——そりゃ面白い。見たかったな」

と、矢田は笑った。「すると、矢島は戻ったんだな」

「はい。まあ、格好は妙でしたが」

「確かに矢島だったんだろう?」

「確かです」

と、中代は言った。

「女とは切れたんだな」

「そうですね、あの様子では、完全に」

「そうか……。すると今は大矢が——」

「かなりいかれてますね」

「よし。あの女のこと、何か分かったか?」

「今、調べていますが……」

「急いでくれよ」

「はい。一つ、とっかかりになりそうなものが」

「何だね?」

「あの女の亭主です。元の、ということですが」

「浅井——文吉だったかな」

「もう六十という年齢ですが、あの女にいわば会社ごとのっとられたようなものですから。当ってみると、何か分かるかもしれませんが」

「よろしい」

と、矢田は言った。「やってみてくれ」

「かしこまりました」

と、中代は言って、「あの……それで実はお願いが」

「何だ？　金か」

「それも――あります」

「君の口座へ振り込もう。今日中に届く。五百万だ。当座はそれでやってくれ」

「分かりました」

「他にもあるのか？」

「いえ――あの、この間の『おみやげ』が大変すばらしくて忘れられないのです」

中代は額の汗を拭った。

矢田が楽しげに笑って、

「よし、あれがいいのか？」

「ええ、同じものというわけには――参りませんか」

「できないことはない。予め注文しておけばだが」

「お願い――できますでしょうか」

「分かった。いつがいい？」

「いつでも――と言いたいところですが、そういうわけにもいきません」

「そっちへやろう」

「東京へですか？」

「そうだ。経費は気にするな」

「そりゃどうも……」

「そっちへ連絡させよう。『おみやげ』の方からな」

と、矢田は言って笑った。

電話を切った時、中代はすっかり全身に汗をかいていた……。

7 昼休みの公園

朋子は、公園の中へ入って、戸惑った。

公園で待っているから、といわれて来てみたのに……。

昼休みの公園は、あまりに大勢のサラリーマンやOLで溢れている。とても父を捜すどころではなかった。

「わざと意地悪したのかしら」

と、朋子は呟いたが、いくら何でも、そこまで父を疑うのは可哀そう、と思い直した。

向うが見付けてくれるだろう、と、一番広い噴水の前で、待つことにした。

しばらくぼんやりと、おしゃべりに興じるOLたちを眺めていると、

「すまん」

と、声がして、いつの間にか、父が立っていた……。

「――この公園によく来たのは、もう十年も前のことだ。こんなに人がいなかったんだがね。あのころは」

と、大矢は言った。

朋子と二人、公園の中を歩いている。

「――母さんの様子は？」

と、大矢が訊く。

「相変らず」

「そうか」

「記憶が戻らないの」

「時間がかかるかもしれんな」

と、大矢は言った。

「もっと来てくれたっていいじゃない。そうすればお母さんだって……」

と、朋子は言って、息をつくと、「責める気で来たんじゃないんだけどね」

「いや、何と言われても仕方ない。私が悪いんだ」

「ずるいよ、そんな言い方」

と、朋子は言った。「それじゃ、何も言えなくなっちゃう」

「うん。そうだな」

朋子は、少し歩いてから、言った。

「お父さん、その女の人、愛してるの？」

大矢が面食らって、朋子を見る。

「もし愛しているのなら……お母さんと別れて、その人と一緒になったら？」

「朋子――」

「無理してんじゃないよ、別に。――ただ、こんな中途半端な状態よりは、ずっといいな、と思うだけ」

大矢は、大きく息をつくと、

「朋子……」

と、言った。「私にも分からないんだ。――何て無責任、と思うかもしれんが……」

「思う」

朋子は、そう言って、ちょっと笑った。

大矢はホッとした様子で、

「もう少し時間をくれないか。私も自分の気持の整理をつけるのに、もう少し時間がかかると思う」

と、言った。

「その結果で、別れるかどうか決めるってわけ?」

「いや……。別れることはないと思う」

「どうして分かるの?」

朋子は挑みかかるように言った。「私が可哀そうとか、そんなこと言わないでね。だしに使われるのはごめんよ」

大矢が何か言いかけた時……。

「何だ」

と、大矢は言った。「中代じゃないか」

フラッと中代が、道へ出て来た。二人の行く手を遮るように。

「おい、中代――」

と、大矢は言って、「何してるんだ、こんな所で?」

「お父さん!」

と、朋子が止めた。「様子が変よ!」

確かに妙だった。

中代は、大矢たちに全く気付いていない様子で――まさに、真直ぐ大矢たちへ向って来るのに、気付いていないのだった。

そして、中代は突然ガクッと膝（ひざ）をついてそのまま倒れた。

「何事だ？」

大矢は駆け寄って、「これは――」

朋子は、中代の背中から、血が地面に流れ出すのを、愕然（がくぜん）として見ていた……。

「死んでる」

と、大矢が言った。

「どうして……」

朋子が立っていると、足音がした。

「どうしました」

「ダルタニアン！」

朋子が飛び上がって、「人が殺されたの！」

「何ですと？」

ダルタニアンは、中代の死体にかがみ込んで、

「これは刺し傷。――あまり達者な手ぎわじゃないな」

と、首を振った。

「何だ、君は?」

と、大矢がけげんな顔で見る。

「お父さん」

朋子があわてて、「この人、お母さんの命を助けて下さったのよ」

「本当か? それはどうも……」

「いやいや。応急手当を施しただけです」

ダルタニアンは周囲を見回し、「まだ犯人はそう遠くへ行っていない」

「じゃ、警察へ」

「朋子、行ってくれ」

「分かった。お父さん、ここに?」

「うん、ここにいるよ」

ダルタニアンが犯人を求めて、茂みの中へ踏み込む。

朋子は、公園を出た所に交番があったのを思い出し、駆けて行った。

昼休みの公園だ。人の中に紛れて逃げるのは容易だろう……。

「中代が?」

と、私が言った。

「そうです」

と、一江が、まだ興奮さめやらぬ面持ちで言った。「警察から連絡が入って、大騒ぎです」

「妙な話ね」

「それが——立ち聞きしたんです」

「立ち聞き? 盗聴とかいけないのよ」

「盗聴じゃありません! 純粋な立ち聞きです」

「威張らないでよ」

と、私は苦笑した。

「やあ」

ホームズ氏が居間へ入って来る。「とうとう殺人だね」

「ご存知?」

「TVで見た。昼休み、あんなに人が多い所でね」

「それが——」

と、一江は、中代が空の会議室に残った後かけた電話の内容を話した。

「なるほど」

と、ホームズ氏は肯いた。「面白い、ますます複雑になって来ましたね」

「いつもそんなことを面白がって」

と、私は苦情を言った。「中代の電話の相手は矢田……」

「そう。その中代が殺されたとなると……」

「当然、まず疑うべきは、あの女ですね」

「調べられてまずいこともある。その夫のことでもね」

「元の夫ね」

と私は肯いて、「その元の夫っていうのを調べてみる必要があるわね」

「同感です」

と、ホームズ氏が言った。

「どこにいるのかしら」

「調べてあります」

「――おみごと」

と、私は言って笑った。

まあ、おみごと、といえば、重役会議で矢島に扮したアルセーヌ・ルパンの腕もすばらしいもの、と言っておく必要がある。知っていた矢島忠男ですら、ルパンをみて仰天したのだから。

誰も疑う者はなかったろう。


「じゃ、出かけましょうか」

と、私は言った。

「それには及びません」

と、ホームズ氏は言った。

「え?」

「ここに呼んであります」

目をパチクリさせている間に、ホームズ氏は一人の老人を連れて来た。

――かつて社長だった、という貫禄がどこにも見えない。

着る物も、どこかみすぼらしい。

生気というものに欠けているのだ。

「浅井文吉さん……ですね?」

と、私は言った。

「ええ……」

文吉は、力なく肯いて、「どうもねえ……お恥ずかしいが」

「お忙しいのでしょ」

と、私は言った。

すると突然——浅井文吉は、怯えたように後ずさって……。

「殺されるんですよ、私は——」

と、文吉は、突然そう言い出したのだった……。

六十歳にもなる——しかも、かつてはK貿易という、決して小さくない会社の社長をつとめていた男が、泣き出すのを見ているというのは、あまり嬉しい光景とは言えなかった。

「浅井さん」

と、私は言った。「しっかりして下さい。あなただって、かつては一流企業のトップにいた人じゃありませんか」

浅井文吉も、わずかながら自尊心が残っていたと見えて、私の言葉でいささか恥じ入ったように、

「いや……申し訳ありません」

と、涙を拭った。

「おかけになって」

私は浅井文吉を、ソファに座らせると、

「何か飲みますか、お酒でも」

「いや……」

浅井文吉は、少しためらってから、「もしできたら――」

「できたら？」

「大福とか、まんじゅうの類はありませんか？」

私はびっくりして、引っくり返りそうになった。

「――甘党なんですね」

と、私は、一江が急いで買って来たドラ焼を、アッという間に三つも片付けてしまう浅井を見て、呆れつつ、言った。

「実はそうなんです」

浅井は、三つ目のドラ焼を平らげて、ガブガブとお茶を飲み、フーッと息をついた。

「ご満足？」

「いや、もうこの何ヵ月も、甘い物を食べていなかったので、まるで元気が出なかったんですよ」

さっきの怯えて泣いていた老人とは、別人のようだ。

「まだありますけど」

と、一江が言うと、浅井はちょっと考えて、

「いや、やめておきます」

と、首を振った。

「そうですか」

「後でいただきます」

それじゃ、やめたことにならない。

「それで、浅井さん」

と、私は言った。「さっき、『殺される』とおっしゃったのは、どういうことなんですか？　誰に殺されるんです？」

「妻です」

と、浅井は言った。「元の妻、というべきですかね」

「浅井聖美さんですね」

「ええ。――あれは大した女ですよ」

浅井は、肩を落として、「結婚した時は、ただ遊び好きで、派手好みの女としか思

っていなかったんです。それに——実にいい体をしてましたからな……」

と、懐かしげに首を振る。

「どうして社長の座を？」

「いや——私はともかく、あれの好きなようにさせておいたんです。遊び好きな若い女房といっても、こっちはそんなこと、承知の上で結婚したわけですから。金の出入りはチェックできますしね」

浅井は、苦々しげに笑った。「まさか——あれが、会社を動かすという『遊び』まで好きだとは思わなかったんですよ」

「どうやって奥さんは——」

「私の知らない内に、社の幹部を手なずけていたらしい。そして全く別の名義で、うちの株を買い集めていたんです」

「資金は？」

「さて、どうしたものやら。——あいつにならら、喜んで金を出す男が、いくらでもいるでしょう」

「それで——」

「ある日、突然、私は株主から通告されたんです。即刻退陣しろ、とね。拒んだ時は、私のやった、色々汚ないことを、警察へ知らせる、と、こうですよ」

「後ろめたいことも、あったんですね」

「そりゃそうです。——真面目にやって、一代で、あんな財は作れませんや」

と、浅井は笑った。

「びっくりしたでしょうね」

「もちろん。こっちは途方に暮れましたよ。そして、退陣したら、誰が代って社長になるのか、と思っていたら……何と、自分の女房じゃないですか」

「離婚したのは、その後？」

「いや、その時です。女房から離婚届を突きつけられましてね。判を押さないと……と、おどかされて」

気の毒といえば気の毒だが、まあいくらかは自業自得のところもあったような気がする。

「——で、今はどうしてるんです？」

「養老院暮しですよ。——ま、待遇はそう悪くないが、女房から、毎月の送金がありましてね」

「まだ若いじゃありませんか」

「ええ……でも、こっちもガックリ来て、やる気もなくしてますし。女房としちゃ、私がどこかで仕事を始めて、自分のことを、あれこれ言われるのが面白くないんでしょうな」

道理で、老け込んでしまっているはずだ、と私は思った。

「しかし、浅井さん」

と、ホームズ氏が口を開いた。「なぜあなたは、元の奥さんに殺されると思っているんです?」

「分かりません」

と、浅井は首を振った。「しかし、このところ、私のいる養老院で、二人も、妙な死に方をしているんです」

「ほう」

ホームズ氏の目が光った……。

8　歩いて来た「おみやげ」
「やあ」

もちろん、声をかけて来たのは、矢島忠男で、かけられたのは大川一江。一江は、
昼休みに、会社の受付に座っているところだった。

「あら」

一江はニッコリ笑った。「もう、お昼はすんだの？」

「うん。昼飯を早く食べられる、っていうのが、僕の唯一の取り柄さ」

「変なの」

と、一江は笑った。

「今日は当番？」

「そうよ。でも、お客様も来ないし、のんびりできていいわ」

「アルバイトなのに、受付の当番までやらされるんじゃ、大変だな」

「いいのよ、ちゃんとお昼休みは別に取れるし。それより、お父さんはどう?」

「うん。相変らずさ」

と、忠男は言った。「しかし、本当に君には世話になったね。礼を言うよ」

「私が何したってわけじゃないわ」

少々照れつつ、一江は下を向く。

「それにしても、あの君の友人の扮装。びっくりしたな、あれには!」

もちろんルパンのことだ。——忠男にも、第九号棟のことを打ち明けるわけにはいかないので、一応、ルパン氏もホームズ氏も、一江の「友人」ということにしてある。

「でも、あれで重役会は延期になったのよ」

「そう。親父を何とか元の通りに戻してやらなきゃな。今日、母が上京して来るんだ」

「そう。じゃ、ご主人の看病を?」

「付いててやりたい、と言ってね。——あの女のことで、すっかり離れちまってたんだけど、またこれで、よりが戻るかもしれないよ」

「そうなるといいわね」

少し間があった。忠男は、何となく一江から目をそらして、咳払いをすると、

「あのね——もしかして、君、僕の母に会ってみないか?」

一江の方はポッと頬を染めて、

「まあ……でも……」

と、もじもじしている。

「いや、きっとお袋も、君に礼を言いたいと思うんだ。僕の方も、ぜひ君のことをお袋に——」

と、忠男が言いかけた時、

「あら、忠男君」

と、大きな声をかけて来たのは、小沢紘子だった。

「やあ、小沢さん」

「何してんの？」

「いや、ちょっと大川君と話を……」

「まあ、いけないわ。大川さんは今、仕事中よ」

「すみません」

と、忠男は頭をかいた。「じゃ、また後で——」

小沢紘子は、パッと忠男の腕を取ると、

「あと昼休みが十分あるわ。ちょっとお茶でも飲んで来ましょうよ、ねえ」

と、引っ張る。

「でも、お茶は今、飲んで来たばっかりで――」

「いいじゃないの。何杯のんだって、死ぬことないわ」

そりゃそうだが……。

呆気に取られている一江の方へ、小沢紘子はチラッと目を向けて、

「ちゃんと受付の仕事をするのよ」

と言うと、矢島忠男を引っ張って行ってしまった。

「――どうでしょ、あの態度！」

一江はすっかり頭に来てしまった。

矢島が、重役会に出席して、浅井聖美をやり込めたということがパッと社内に知れ渡り、忠男を見限っていた女の子たちが、改めて、近付き始めたのだ。

何ともいい加減なものである。

もちろん一江だって、忠男が好きとはいっても、まだ若い。結婚だの何だのと考えているわけではなかった。

ただ、純粋に、忠男を助けてやりたい、と思っているのだ。

まあ、忠男だって、そのことはよく分かっているはずで……。でも、女の子にワイ

ワイと寄って来られたら、悪い気はしないかもしれない。

　そんなことを考えて、苛々していると――。

「あの……」

　と、女性の声。

「はい」

　一江はいささかぶっきらぼうに、「どなたですか？」

　やって来たのは、まだ十七、八に見える若い娘。しかし、服装は少し派手で、何となく色っぽい雰囲気を漂わせている。

「ここ、〈三矢サイダー〉？」

「三矢産業ですが」

「あ、そうそう。そうだった。いつも間違えちゃうのよね」

　フフ、と勝手に笑って、「中代さんっている？」

「中代……」

　一江は、ちょっと面食らって、「支店長の中代でしょうか」

「そう。――だと思うわ。メガネかけた人よ」

「では、支店長ですね。ですが――」

「〈おみやげ〉が来た、って言って」

「はあ？」

「〈おみやげ〉」

「おみやげさん、とおっしゃるんですか？」

と、一江は訊いた。

「そう言ってくれれば分かるの」

と、その娘は笑った。「じゃ、私がこの地下の喫茶店で待ってるからって伝えてちょうだい」

「はあ」

その娘、さっさと出て行く。

だけど――中代は死んじまってるんだ！

「あの、ちょっと！」

と、一江はあわてて追いかけて行ったのだが……。

「――おや、一江さん」

エレベーターから出て来たのは、何とダルタニアンだった。

「あら、病院の方は？」

「少し休めとお嬢さんに言われましてね、アニー・オークリーと代りました」

〈アニーよ銃をとれ〉で有名な、西部の女傑だ。もちろん第九号棟のアニー・オークリーだが、実際にムチの名手でもある。

「じゃ、どうしてここへ？」

「休むと体の調子が却って狂います。一江さんの危機を救おうと――」

「私の危機って――」

「何かあるでしょ」

ダルタニアンは無責任なことを言って、「今、どうして飛び出して来たんです？」

「ええ、実は――」

今の妙な娘のことを話すと、

「ほう、〈おみやげ〉ですか」

「何のことかしら」

「分かりました」

ダルタニアンはクルッといつものステッキを回して、「私が、中代の死を彼女へ伝えましょう」

「そうしてくれる？　私、これから、あと十分ぐらいは離れられないわ」

「お安いご用です」

とダルタニアンは、またエレベーターに乗って行った。

一江が受付に戻ってみると、

「あら、ご苦労様。もういいわよ」

と、本来の受付の女性が席に戻っている。

「いいんですか？　すみません」

一江は、急いでダルタニアンの後から、エレベーターで、地下へと下りて行った。

地下の喫茶店へ入って行くと、

「あら、もう出て来たの？」

小沢紘子が、一江を見て言った。

何のことはない。――矢島忠男が、会社の女の子、五人に囲まれて、一人で汗をかいている！

「お客様がここで中代さんを待ってるから、とおっしゃったんです」

「中代さんを？」

と、紘子が目を丸くして、「お化けでも待ってるわけ？」

「こっちが言うヒマもなく、行っちゃったんですよ。――おかしいな」

と、一江は喫茶店の中を見回した。

「いや、失礼」

と、そこへダルタニアンがやって来た。

「あら、私の方が後だったのに」

「向うの店と間違えましてね。私ともあろう者が」

「でも、こっちにもいないわ」

「それは妙だ。向うにもそれらしい女は見当りませんでしたよ」

ウェイトレスが、水を運びかけて、足を止め、

「若い女の子？　ちょっと色っぽい」

「ええ。来ましたか？」

「座る間もないくらいに、電話が入って」

「彼女へ？」

「ええ。〈おみやげ〉って人？」

「そう！　その人」

「すぐ出てっちゃった。ごめんね、待ち合わせた人が呼んでるんで、って」

一江とダルタニアンは顔を見合わせた。

「待ち合わせた人が?」

「そう言ってたけど」

「じゃ——中代さんが?」

「幽霊が呼び出したのかな」

と、ダルタニアンは言った。「どっちへ行ったか、分かるかね?」

「出て右へ行ったから、地下道の方じゃない?」

「ありがとう」

ちょっと会釈したと思うと、ダルタニアンは猛然と店を飛び出し、駆けて行った。

呆気に取られていた一江は、

「待って!——ねえ!」

と、あわてて、ダルタニアンの後を追っかけた。

店のウェイトレスも、小沢紘子や、他の女子社員たちも、目をパチクリさせながら、それを見送っている。

「——どうかしちゃったのかしら、あの子」

と、紘子が首をかしげる。

「もともと、少しトロい子だし」

「ほんと、ほんと」

と、他の子も肯く。

「そんなことはない！」

憤然と立ち上がったのは、矢島忠男だった。

「失礼します！」

と、店を出て、一江の後を追いかけて行ってしまう。

「馬鹿ねえ」

紘子は、首を振って、「あの人は、大川一江さんにひかれてるの。一江さんの悪口なんか言ったら、逆効果に決ってるじゃないの」

「そうかあ……」

「難しいのね、男心って」

紘子は、ため息をついて、

「こりゃだめだ」

と、呟いた。

ビルの地下から、地下鉄の駅へ続く地下道へと出られる。

ダルタニアンは、その地下道へと飛び出して足を止めた。

——都会の真中に、こんなに静かで、人の少ない所があるとは……。

通勤時間以外、あまり利用されないこの地下道は、広く、ずっと真直ぐにのびているせいもあって、余計に閑散として、寂しい感じだった。

中央に太い柱が十メートルほどの間隔で並んでいる。

その柱の陰から、

「キャーッ！」

と、叫び声が上がった。

「待て！」

ダルタニアンが大声で叫んだ。「おい！　みんな、こっちだ！　早く来い！」

同時に駆け出している。

いくらダルタニアンの足が早くても、一秒を争う時には、音の方が有効だ。何といっても、音速では走れないのだから。

柱の陰から、コートをはおって、マスクをした男が現われ、駆けて来るダルタニアンを見ると、パッと背中を向けて、逃げ出した。

ダルタニアンはその柱の所に足を止めた。

若い女が、柱にもたれて、ペタンと床に座り込んでいる。目が大きく見開かれて、口をポカンと開け、目を覚ましながら、失神している、という感じ。

「けがは？」

と、ダルタニアンに訊かれて、ハッと我に返った様子で、

「え？――あ、あの――人殺し――」

「もう大丈夫。逃げたよ」

「大丈夫？――大丈夫なのね」

と、言ったなり、女は、横へバタッと倒れてしまった。

「――どう？」

一江が走って来て、声をかける。

「――気絶しているだけですよ。よほどびっくりしたんでしょう」

「犯人は――」

「逃げました。――追いかけても良かったが、それではこの人が負傷している場合、間に合いませんからな」

ドタドタと足音がした。

「一江君！　大丈夫か！」

「まあ。忠男さん」

「君のことが心配で……」

「嬉(うれ)しいわ。でも――小沢さんたちはいいの？」

「構うもんか。別に会いたかったわけじゃない。でも――君が、いじめられるかもしれないね」

「私はいいの。ただのアルバイトですもの。じっと堪(た)えていれば……」

「一江君！」

「忠男さん！」

と、二人して手を取り合って……。

「失礼」

と、ダルタニアンが言った。「よろしかったら、この〈おみやげ〉を、運ぶのを手伝っていただけないかな？」

「あ、どうもすみません」

と、忠男はあわてて、「ええと――紐(ひも)をかけて送っときゃいいんですね？」

発送の係なので、ついセリフが出てしまったらしい。

一江が吹き出してしまった。

9　色あせた時

昼下りのテラスには、ものういけだるさだけが漂っていた。

浅井文吉は、その日も一日、何をするでもなく、時間がのろのろと過ぎて行くのを、他人事のように眺めているだけだった。

実際、この養老院では、外の世界とは何の関係もなしに時間が流れているようだったのだ。

浅井にとっては、このけだるさの中で、感覚をまひさせておくことが、悔しさやり切れなさから逃げ出す、唯一の方法だったのである。

「――浅井さん」

と、いつもの聞き慣れたサンダルの音が聞こえた。

これは、イタリア製の、高級紳士靴並みの値段のついたサンダルで、パタッ、パタッという音が、独特の、重苦しさを持っている。――この養老院でも、このサンダルをはいているのは、院長の北松だけだ。

「やあ、どうも」

浅井は、デッキチェアに寝そべったまま頭だけを動かした。

「起こしてしまいましたか」

と、北松院長は微笑(ほほえ)みながら、言った。

「いや、眠っちゃいませんよ」

と、浅井は言った。「――それとも、ここじゃ、二十四時間、眠ってるといってもいいかもしれませんな」

「いや、あなたはしっかりしてらっしゃる」

と、北松は言った。「実際、まだこののんびりした時間を楽しむことができるんですからな。その間は大丈夫です」

北松は、白衣をいつも着ているが、年齢はいくつぐらいなのか、浅井にも見当がつかない。六十と言われれば、なるほどと思うだろうし、五十と言われても、確かにそんなもんだ、と肯くだろう。

何となく、医者というより、大企業の部長クラスの重役のような、知的な雰囲気と、抜け目のない鋭さを感じさせる。

　ここは、養老院で、病院ではないから、ごく簡単な医療施設しかないが、すぐ近くに、大学の付属病院があり、具合が悪い時はすぐに入院できることになっている。

「やれやれ」

浅井は、立ち上がって、伸びをした。——少し目を閉じていると、

「めまいがしますか」

と、北松が訊く。

「少しね」

「正常ですよ。誰でもそうだ。しかし、そろそろ中へお入りになった方が。少し陽がかげって、風が涼しくなりました」

北松にそう言われると、本当に風がヒヤッと冷たく感じられる——。やはり、医者というのは、人を暗示にかけるのが得意なのかなと、浅井は思った。

「——奥様から、また毛皮の敷物などをいただきましたよ」

と、北松が、浅井と一緒に建物の中へ入りながら言った。

「そうですか。人にものをプレゼントするのが家内の趣味ですからな」

「いや、いつもお心にとめていただいて、恐縮です」

北松も、もちろん浅井が聖美と別れているのは知っているはずだ。それでも、「奥

様」と呼ぶのが、北松らしい気のつかい方かもしれない。

「——どちらへ？」

廊下で別れようとすると、北松が訊いた。

「図書室へでも、と——」

「安田さんがいましたよ、さっき」

「そうですか」

浅井はチラッと図書室の方を見ると、「では敬遠しておいた方がいいかな」

「ま、そこそこにあしらっておかれることです」

と、北松は言ってから、少し声をひそめて、「安田さんから、あなたが夜中にTVを大きな音でかけていて、うるさい、と苦情が出ています」

「またか」

と、浅井は苦笑して、「私と安田は部屋が離れてるんですよ。TVを点けてたとしても、聞こえるはずがない」

「承知しています。うまくあしらっておきますよ」

「よろしく」

と、浅井は言った。

「では」

北松がちょっと会釈して見せて、歩いて行く。

浅井は、少し迷った。安田と顔を合わせるのも煩わしいが、といって、そのために新聞を見るのを我慢するというのも、逃げるようで、しゃくだ。

少し考えてから、浅井はサロンの方へ足を向けた。

——この養老院は、金がかかるので有名な所だ。それだけ、建物や設備も立派で、少なくとも、頭がしっかりしている限りは、結構居心地もいい。

しかし、何といっても、活気には乏しいし、浅井のように、まだ外の生活に未練を残している人間には、どうしても退屈してしまう場所である。

浅井がサロンへ足を向けたのは、正解だった。入って行くなり、

「何をなさるんですか！」

と、甲高い声が上がって、パシッ、という音——。

ソファから身を引きながら立ち上がったのは、滝口八重子だったのである。

「無理するなよ」

と、ソファで声がした。「俺に気があるくせに……」

どうやら、ここへ移って来ていたようだ。

浅井は、わざとスリッパの音をたてて、歩いて行った。

「まあ、浅井さん」

滝口八重子は、ちょっと微笑を作った。

――五十八歳ということだが、ちょっと信じられないくらい、女盛りの魅力を漂わせた女なのだ。

ソファから、ゆっくり立ち上がったのは、安田武夫だった。

「ほう。ここで待ち合わせでしたか」

安田は、ジロリと浅井を見て、「そりゃ失礼しましたな」

「全く、失礼なひとですよ」

と、浅井は言った。

安田は、顔をこわばらせたが、すぐにニヤリと笑って、

「ま、いいでしょう。お二人にさせてあげますよ。――私は、退場することにしましょう」

安田武夫は、浅井より一つ上の六十一歳だが、見たところはもっと老け込んでいる。

それでいて、滝口八重子にしつこく言い寄っているのだ。

この養老院の中では、嫌われ者である。

「――どうも」

と、滝口八重子は、少し頰を染めて、目を伏せた。

「いや、いいところに来た」

浅井は、安田が出て行ったのを確かめて、「あの人にも困ったもんだ」

と、首を振った。

「ええ、本当に」

滝口八重子は、微笑んで、「でも、おかげで、あなたとお話ができましたわ」

「なるほど」

と、浅井は笑って、「そういう考え方もあるか」

――少し、二人は無言で立っていた。

「座りませんか」

と、浅井は言ってみた。

「はあ。――家から電話がかかることになっているんですの」

逃げられたか、と浅井は思った。

「そうですか。――じゃ、どうぞ」

しつこく付きまとうのも見っともない。

「では——」

と、行きかけて、滝口八重子は、振り向くと、「もし……」

「何です？」

「もしよろしければ——今夜、少し遅くに、私の部屋へおいでになりません？」

浅井の胸は高鳴った。——明らかに、彼女は俺を誘っているのだ。

「しかし——あなたのお部屋は廊下に面してますよ。私の部屋では？」

「構いませんわ」

と、滝口八重子はホッとしたように、「では、十一時ごろ、うかがいます」

「お待ちしてますよ」

滝口八重子が行ってしまうと、浅井は、

「見ろ！　やったぞ！」

と、思わず口に出して呟いていた。

聖美と別れて——というより、追い出され、ここへ押し込まれて、ずっと女っけなしの日々だった。浅井は、十一時までの何時間かが、まるで何年も先のことのような気がした……。

そして——十二時には、浅井は、滝口八重子と、自分のベッドの中で、まどろんでいたのだ……。

「――何時かしら」

と、八重子が呟く。

「うん……。まだ早い」

「でも――十二時だわ」

「泊って行けば？」

「まさか」

と、八重子は笑って、「夜中に、誰かが見回って来たら、大変よ」

「覗(のぞ)きゃしないさ」

「でも――」

「声が聞こえるかな、君の」

「いやな人ね」

八重子は、指で浅井の鼻をつついた。

もちろん、八重子はいくら若く見えても、五十八歳である。聖美の、あの引き締った体と比べるわけにはいかなかったが、浅井は充分に満足した。

八重子の方も同様だったろう。

「戻らなくちゃ」

と、八重子は起き上がった。

「もう?」

「眠ってしまうわ、こうしてたら」

と、八重子は言った。

「じゃ……」

浅井は、ベッドから出て、明りを点けた。

「安田の奴、知ったら頭に来るだろうな」

と、愉しげにガウンをはおりながら言った。

「そうね。でも――」

と、八重子は言いかけて、「ねえ、送ってくれる?」

「いいとも」

「夜の廊下って、怖いの」

確かに、こういう場所で、夜中に一人で歩くのは、いい気持のものではない。

「よし、行こう」

浅井はドアを開け、滝口八重子を送り出した。

もちろん廊下は明りもあって、明るいのだが、却って明るくて人気がない、というのが不気味でもある。

八重子を部屋まで送って、

「じゃ、また明日」

と、つい、学生みたいな気分になる。

「おやすみなさい」

八重子が浅井の頰にキスする。

浅井が八重子を抱き寄せて——。送って行ったついでに、また少し遅くなってしまった。

浅井は、三十分ほどして、自分の部屋へ戻った。

この分なら、またちょくちょく彼女を誘えそうだ。——ここにいるのも悪くない、と浅井は思い始めていた。

ドアを開けて、浅井はギクリとした。

ベッドに、安田が座っていたのである。

「——何をしてるんだね」

と、浅井は言った。「人の部屋へ勝手に入らないでもらおう」

安田は、じっと身じろぎもしなかった。

「知ってたのかね、彼女がここへ来てたことを。ええ？」

と、浅井は言った。「残念だったね。――彼女は私を選んだんだ。ま、諦めることだな」

安田は何も言わない。浅井は苛々して来て、

「おい。――何とか言ったらどうだ」

と、歩み寄って、安田の肩に手をかけた。

すると――安田の体がゆっくりと前の方へ傾いた。そして、床へと、そのままずり落ちてしまった。

浅井は、しばしポカンとして突っ立っていたが……。やがてあわてて――。

「――あわてて、人を呼んだんです」

と、浅井は言った。

「もう――」

「死んでいたんです」

と、浅井は肯いた。

私は、浅井の話を、しばらく思い起こし、考え込んだ。

「――死因は？」

と、ホームズ氏が訊いた。

「安田のですか？　心臓だ、ということでした」

「心臓がもとから弱かった？」

「いや、そんなことは聞いたこともありません」

と、浅井は首を振った。「それなら、必ずしゃべりまくっているはずです。何でも大げさな男ですからね」

――やっと落ちついた浅井から話を聞いたのは、この屋敷へ連れて来た翌日のことだった。

「では、変死といっても、殺されたというわけじゃないんですね」

と、私は念を押した。

「分かりませんよ。何しろ、初めから、そんな他殺なんてこと、誰も考えていないでしょうからね」

ホームズ氏は、パイプの掃除をしながら、

「あなたは、昨日、『二人死んでいる』とおっしゃいましたね。その安田と、もう一人は誰です？」

と、訊いた。

「看護婦です。――一応、緊急の場合に備えて、何人か、看護婦も常駐しているんで
すがその一人が――」

「それは殺されたんですか？」

「いや、事故です」

「事故？」

「屋上から落ちたのです。しかし、手すりは安全を考えて、高いんですよ。あれを越
えて落ちるなんて」

「事故と言ったのは？」

「院長の北松です。――もちろん、そう言わないと、評判に傷がつきますからね」

「自殺の可能性は？」

と、私は訊いた。「状況からすると……」

「あります。しかし、その看護婦は、安田が死んだ時、当直だったんです。――偶然
だったと思いますか？」

「何とも言えませんね」

と、ホームズ氏は首を振って、「しかし、あなたのおっしゃる通りとして、どうして奥さんがあなたを殺そうとするのか、もう一つすっきりしないですね」

「私だって分かりませんよ」

と、浅井は言った。「しかし、殺されてから、分かっても、もう遅いですからね」

それも理屈だ。

「では、もうそこへ戻らないんですか？」

「戻るとしても……。不安ですよ」

と、浅井は言った。「安全だと分かればともかく」

私は、ホームズ氏と、別室へ移った。

「――どう思う？」

「そうですな。怯えているのは、嘘ではないようだ」

「でも、理由が――」

「そう。何か、他に、妻から狙われるわけがあるんですよ。それが言えないだけで」

と、ホームズ氏は肯いた。

「どうしたらいいかしら、あの人？」

二人で考えていると、

「――お嬢様」

と、一江が顔を出した。

「お帰りなさい。早いのね」

「ちょっと、〈おみやげ〉を持って来ました」

「何なの?」

一江が若い女の子を中へ通したので、私もびっくりしたのだった……。

10　女王の顔

大矢朋子は、やっと捜し当てたマンションの前で、ちょっと足を止めた。

入るのにためらったわけではない。ただ、単純に、捜し歩いて、くたびれたので、一息入れた、というだけのことである。

父が、新たに借りたというマンションがここである。会社へ問い合わせても教えてくれず、大分苦労した。

古い社員で、朋子を知っている人が、同情して、こっそり調べてくれたのだ。

朋子は、父がいるかどうか分からないまま、このマンションへやって来た。――もちろん会社には出て、忙しく働いているのだから、帰りも遅いことが多いだろうし……。

もう、すっかり夜になってしまっている。夜を狙って来たわけではない。

夕方、病院を出て、捜している内に、夜になってしまったのである。

しかし、それは却って幸いだったのかもしれない。

昼間は受付に人が必ずいるので、朋子も入れなかったかもしれない。

部屋は三階の三〇一だった。

エレベーターを出て、〈三〇一〉の部屋を捜して、廊下を歩いて行くと——。

ドアの一つが、パッと開いた。朋子は足を止めた。

一番奥のドアで、あれがもしかして、三〇一かもしれない……。

と、開いたドアから、背広の上衣が飛び出して来た。もちろん、上衣が勝手に飛び出して来るわけもないので、誰かが投げたのだろう。

それから、靴が片方、また片方。そして、鞄らしいものが続いて——。

そして、最後に人間が、転がり出て来た。

「いてて!」

ワイシャツにネクタイ姿のその男は、したたか腰を打って、声を上げた。

朋子は呆気に取られて、眺めていた。

父ではない。もっと若い男——おそらく、三十歳ぐらいか。

ヘアスタイルが、まるでツッパリの不良みたいで、およそビジネスマンという格好ではない。

やっとこ起き上がると、

「何するんだよ！」

と怒鳴っている。

「あんたの顔なんか、見たくもないわ！」

と、凄い迫力の声が、部屋の中から、叩きつけられる。「とっとと帰んなさい！」

「何が悪いってんだ！　たかが百万やそこらの金、どうして出せないんだよ！」

「あんたに出したって、何も買えやしないからよ！　あんたの怠けぐせを助けるだけじゃないの！」

「畜生、それでも姉弟かよ！」

「あんたみたいな弟、厄介なだけよ！　とっとと帰って！」

「帰るとも！――二度と来てやるもんか！」

若い男は、靴をはいて、上衣の埃をバタバタはたくと、肩に引っかけ、鞄を手に大股に歩いて来る。

その男はチラッと朋子を見て、そのままエレベーターの方へと歩いて行く。朋子はあわててわきへどいた。

「今度来たって、入れてやらないよ！」

と、女が廊下へ出て来て、怒鳴ったが……。

朋子は、面食らった。——その女、あの、浅井聖美だったからだ。

いや、父の部屋に浅井聖美がいること自体は、別に不思議ではない。朋子も、いくらかは、その覚悟で来ていた。

しかし、今の騒ぎは……。あれが、この前のパーティで、父のそばにくっついていた、あの大胆なドレスの女だろうか?

朋子が呆然（ぼうぜん）として突っ立っていると、

「あら」

と、聖美の方が気付いた。「朋子さんね」

朋子は、

「あの——父はいますか」

と、言った。

「今はいないわ。あと一時間もすると帰るでしょ」

と、聖美は言った。

格好も、別人のようで……。ブラウスとスカートという、地味なスタイルなのだ。

「そうですか。——どうも」

と、朋子が、引き返そうとすると、

「一時間で帰るのよ。待ってればいいじゃないの」

と、聖美は言った。

「でも……」

「上がりなさい」

と、促す。

「それじゃ……」

「あんたのお父さんのマンションなんだから。大きな顔して入りゃいいのよ」

と、聖美は、朋子を押し込むように部屋へ上げて、ドアを閉めた。

――まずまず、父と女の二人暮しには充分な広さだった。

「座って」

と、聖美はソファをすすめた。「お父さんの好みよ。安心して座って」

朋子は、ゆっくりと腰をおろした。

「何か飲む?」

「いえ――」

と、言いかけて、「じゃ、普通のお茶を下さい」

「ちょうど飲もうと思っていたところ」

聖美は、すぐにお茶をいれて来た。

「どうも……」

朋子は、一口お茶を飲んだ。「――これ、お父さんの好きなお茶だ」

「そうでしょ？　捜したのよ。結構」

聖美は、ソファに寛いで、「――お母さんの具合、どう？」

と訊いた。

「相変らずです」

「そう」

聖美は肯いた。「――恨んでるでしょうね、私のこと」

「そうですね……」

「刺しに来たの？」

朋子は、びっくりして、

「いいえ」

と、首を振った。「父がどんな暮してるのか、気になって」

「一人で、寂しそうよ。あなた、ここにいてあげれば」

朋子は戸惑って、

「でも、あなたが――」

「私は、帰ってるわ、自分のマンションに」

と、聖美は言った。「時には泊って行くけど、いつもってわけじゃないわ」

「そうですか」

朋子は、少し間を置いて、「――今の方、弟さんなんですか」

「お恥ずかしい光景ね。――ともかく、怠け者なの。私が遊ばせちゃったのがいけないんだけど」

と、聖美は笑った。

「何かお仕事を……」

「インチキセールス。あれぐらいしか能がないのよ」

「他に……ご家族は？」

「いないわ」

と、聖美は肩をすくめて、「あれ一人。――だから、結局、何だかんだ言っても、助けてやるの。向うも分かってるから……」

「そうですか」

朋子は、肯いた。

しばらく、二人とも黙っていた。

「あの——」

「あなた——」

同時に口を開けて、

「どうぞ」

「あなたが先に」

「いえ——」

と、やっている内、二人とも、ちょっと笑ってしまった。

どうしちゃったんだろう？　笑っちゃうなんて、この女の前で……。

「私——もし、いらしたら、訊こうと思ってたんです。あなたが父を愛してらっしゃるのかどうか」

「お父さんを？　どうするの、聞いて」

「だって……。父もあなたを愛してるのなら、母とちゃんと別れて、結婚したらいいと思うんです。今みたいな中途半端なこと……」

聖美は、しばらく朋子を見ていた。

「本気で言ってるのね」

「ええ。だって――違いますか、私の言ってること」

「違ってないわ。違ってないけど……。でも、びっくりしたわ」

「どうなんですか」

聖美は、しばらく答えなかった。そして、

「私はね、小さいころ、両親と別々にされたのよ」

と、言った。

「別々に？」

「父も母も、お人好しでね。人に騙されてばっかりいたの。それで、借金をこしらえて、いつも逃げ回ってた」

「そうですか」

「その内、親類の一人がね、そんな生活は子供のために良くないとか、余計なことを言い出したの。私も弟も、結構楽しんでたのに」

「それで別々に……」

「父と母は、子供が急にいなくなったもんだから、がっくり来てね。――心中しちゃったのよ」

朋子は、何とも言えなかった。

「弟は、大人を恨むようになったし、私は私で、お金さえありゃ、そんなことにならなかったのに、って思ったし……。お互い、そこからここまで成長したわけ」

と、聖美は、苦笑した。

「辛い生活だったんでしょうね」

「そうね……。でも、一旦心を決めちまえば楽だったわ」

「心を決める?」

「私は美人だったの」

と、聖美は言った。

「今でもきれいです」

朋子が、ごく当り前の口調で言うと、聖美は感激した様子だった。

「ありがとう。——あなたがそんなこと言ってくれるなんてね……」

朋子は、ちょっとどぎまぎして、

「本当のことだもの」

と、小さく言った。

「あなたも可愛いわね。そう言われるでしょ」

「そんなことないです」

と、朋子は、少し照れた。

「私もね――自分が美人で、体つきも男の心をひきつけると知っていたのよ。だから……。他には何もなかったから、それで生きて行くんだと決めたの」

「つまり――」

「男を利用して、よ。男から、金を引き出す。それが一番効率のいいやり方だわ。何をして稼ぐよりもね」

聖美は、少し唐突に、「分かった？」

と、立ち上がって言った。

「聖美さん」

「男を利用するためにはね、愛してちゃいけないの。愛したら、利用できなくなるでしょう？」

「ええ、それじゃ――」

「だから、心配することないのよ」

と、聖美は言った。「あなたのお父さんのこと、私は、愛してなんかいないわ」

「じゃ、別れてくれるんですか」

聖美は、少し間を置いて、

「今はまだ無理ね」

と、言った。「私は浅井と結婚して、あの会社を手に入れたわ。でもね、小さな会社なのよ、力もない。──私が今、あなたのお父さんについているのは、何とかして、あの会社をしっかりした会社にしたいからなの」

朋子は、肯いた。

「分かりました。じゃ、その時になったら、父と別れてくれるんですか」

「そうね。その時が来たら」

朋子は、しばらく聖美を見つめていた。

「──本当ですね」

「本当よ」

と、聖美は肯いた……。

朋子は、立ち上がった。

「分かりました。──帰ります」

「お父さんを待たないの？」

「会えば、また長くなるし。母のところへ戻らなきゃなりませんから」

「そう」

「お邪魔しました」

と、朋子はちょっと頭を下げて、玄関へと出て行った。

「――お母さん、お大事にね」

と、聖美が声をかける。

――朋子は、マンションから外へ出て、少し歩いたところで、車の音に振り返った。

タクシーが停って、父が降りてくるのが見えた。もう外は暗くなっているので、朋子のことには気付いていないようだ。

朋子は、父に声をかけようか、と思った。しかし――迷っている内に、父の姿はマンションの中へと入って行ってしまう。

「いいや」

と、朋子は肩をすくめた。「今日は、もう……」

朋子は、歩き出した。

前よりは少し軽快な足取りになっていた。

11　水準の問題

あの男だわ、とすぐに分かった。

ビジネスマンらしい男がゾロゾロと出て来る中で、どうしてそう思ったのか、よく分からないのだが、ともかく、ピンと来る、ってやつである。

「――失礼します」

と、私は声をかけた。「矢田さんですね」

その男は、足を止めて、

「矢田だが……。東京支店の人？」

「いいえ。ちょっと、お話ししたいことがあって」

「そう」

矢田は、私を見ていたが、「ここに立っていると、邪魔になりそうだね」

確かに、羽田空港は大変な人出である。

「お忙しいのは承知していますが――」

と、言いかけると、矢田はいきなり私の腕を取って歩き出した。

「あの――どこへ？」

と、面食らって訊くと、

「車が置いてある。この近くのビルの地下にね。それを使おう」

と、どんどん歩いて行く。

仕方なくこっちも……。しかし、何とも忙しい男だ。

タクシーで、空港から十分ほど。小さなビルの地下に、イギリス製のスマートな車が置いてあった。

「あなたの車なんですか」

と、私は訊いた。

「そう。めったに乗らないんだが、こっちへ出て来た時だけ使うんだ。――ちゃんと、人を頼んで手入れさせているから、大丈夫、動くだろう」

助手席に乗って、

「お仕事がおありでしょうから――」

と言いかけたら、車が飛び出すように走り出して、危うく舌をかむところだった。

「――私が来ることをよく知っていたね」

と、ハンドルを握って、矢田が言った。

「ええ。ちょっと耳にして」

「それで？　君は記者か何か？」

「いいえ。ただ、お預りした物があるので、お渡ししようと思って」

「ほう。何かな」

「〈おみやげ〉です」

矢田は、ちょっと面食らった様子で、

「〈おみやげ〉？　すると、中代の――」

「中代さんが亡くなったのはご存知でしょ」

「もちろん。それでやって来たんだ。支店長を決めなくてはならないしね」

「〈おみやげ〉が、困ってますよ。どうしていいか分からないようで」

「帰りの飛行機代ぐらいは持っとるはずだがな」

と、矢田は笑って言った。

「それに、何だか、殺されそうになったらしくて……」

「何だって？」

矢田は、めったに運転しないのだろうが、それでも腕は確かだった。

「お心当りは？」

「私に訊かれてもね」

と、矢田は肩をすくめた。

「ですが、中代さんも殺されました。それと掛り合ってるとしか思えません」

「それはそうだな」

「二人のことをご存知なのは、矢田さんだけでしょう」

「不思議だな」

と、矢田は肯いた。「しかし、私は二人を殺したりはしないよ」

「分かってます。でも、狙われるからには、何か理由が――」

「食事は？」

突然言われて、面食らった。

「食事？」

「少し早いが、夕食にしよう。構わないだろう？」

「ええ、まあ……」

「決りだ」

少々強引だが、こういうタイプの男に、「男らしい」と、憧れる女性もいるだろう。

しかし……。

「鈴本家の当主。——なるほどね」

ワインを飲みながら、矢田は肯いた。

モダンな装飾のビルの地下にあるレストラン。私ぐらいの女の子同士がずいぶん目につく。

安くはないだろうが、ずいぶんぜいたくをしているものだ、と思った。

「週刊誌か何かで、読んだことがあるね。莫大な財産を受け継いだ若き女主人、とか」

「そんなこと、よく憶えていますね」

正直、私はびっくりしていた。

「金の話には敏感でね」

と、矢田は笑った。

「それで——」

私は、ワイングラスを置くと、「中代さんには、何をさせていたんですか」

「あの女のことを調べさせていたのさ」

「浅井聖美のこと？」

「そう。——矢島、大矢、とあの女のとりこになっているんじゃ、会社の先行きも不安だからね。何とか手を打つ必要がある」

「でも、なぜご自分でやらなかったんですか？」

「私が出て行けば、大矢も用心するからね。まあ、中代は、少々頼りない。しかし小心者だったから、裏切ったり、大それた野心などとは縁がない男だ」

「つまり、言われた通りのことしかしない、と？」

「本社の部長にでもしてやれば、大いにありがたがっていただろう。手足の代りに使うには、ああいうタイプの男が一番だよ」

「でも、あの人は殺されました」

「そう。——びっくりしたね。正直なところ」

　と、矢田は首を振った。

「誰がやったと思われます？」

「そりゃ、中代にあれこれ探られて、都合の悪い人間だろうな」

「つまり、浅井聖美？」

「かもしれない」

と、矢田は言ってニヤリと笑った。「もう少しワインをどうだね？」

「もう結構です。——でも、あの〈おみやげ〉まで、どうして狙うんでしょう」

「分からないね。大体あの女のことを、どうして知っているのか……。警察は、中代のことをどう思ってるんだろう」

「警察の方では、五里霧中って様子ですわ。誰も、裏の事情を説明しないものだから。

——通り魔的な犯行、とか思っているみたいです」

「なるほど。我が社としては、その方がありがたいが」

「あの〈おみやげ〉の女性は、誰なんですか？」

矢田は肩をすくめて、

「私のよく行くバーで知り合った子だよ。こづかい稼ぎをしたがっていたし、中年男の方が好きだと言うから、時々、接待に使うんだ」

「男の人って、見も知らない女性を抱くのが楽しいのかしら」

と、私は少々呆(あき)れて言った。

あの〈おみやげ〉の女の子の話と、矢田の説明は一致している。

「もしかすると、彼女がベッドの中で中代から何か聞いているかもしれない、と思ったのかな、犯人は」

「かもしれませんね。でも、中代さんは何かつかんでいたんですか」

「いや、少なくとも私には何の報告もなかった」

してみると――犯人の行動は実に素早かった、ということになる。

「しかし、君はどうしてこんなことに掛り合っているんだね」

と、矢田は、興味深そうな目で私を見た。

「物好きなんです」

「なるほど」

矢田はちょっと笑った。

――レストランを出て、矢田は車を出して来た。

「大丈夫なんですか、ワインを飲んでるのに……」

「すぐそこまでだ」

「すぐそこ？」

「ホテルまでさ」

「じゃ、私はここからタクシーを拾いますから――」

「君と二人で行くんだよ」

「え？」

面食らっている私に、矢田がいきなりキスして来る。

これにはびっくりした！

あの〈おみやげ〉の子が、矢田は女の子に関心ないみたい、と言っていたから、てっきり――。

「ちょっと――やめて！」

「私はね、水準に厳しいんだ。女だからといって、むやみに手は出さない。君はその水準に達している」

「どうも。でも、私の水準も厳しいんです」

私は、何とか矢田を押し返そうとした。

しかし、車に乗ってしまっているので、自由がきかない。

すると――。

コンコン、と音がして……。

「何だね？」

と、矢田が、窓の方を見て、ギョッとした。

お面をつけた顔がヌッと出て来たのだ。

「何の用だ！」

矢田がドアを開けて、外へ出る。「ふざけるのは――」

「ふざけておられるのはそっちでしょうな」

私は、反対側のドアを開けて、外へ出た。

――その声は、もちろん誰のものか、分かっていた。

「矢田さん」

と、私は、息をついて、「女の子をからかうには限度というものがあります」

「私は――」

と、矢田がこっちを向く。

仮面の男のステッキから、シュッと白い光の筋が走った。

「それに」

と、私は言った。「ちゃんとズボンをはいておいて下さいね」

「何だと？」

と、矢田が言ったとたん、ズボンがストンと落っこちた。

矢田が呆然（ぼうぜん）としているのを尻目（しりめ）に、

「行きましょう」

と、私は、仮面の男——もちろん、ダルタニアンだ——を促して、歩き出した……。

「まあ、お嬢様にそんな失礼なことを！」

と、一江が、目をむいて怒っている。

「ちゃんと、報いは受けたわよ、大丈夫」

私は、居間のソファでお茶を飲んでいた。

「——矢田が上京して来て、役者は揃ったわけですな」

と、ホームズ氏がパイプの掃除をしながら言った。

「そうね」

私は肯いた。

夕食の後のお茶。

今夜は、人数が多かった。——いつもは私と一江の二人、それにホームズ氏とダルタニアンが加わるくらいなのだが、それに加えて、大矢朋子と〈おみやげ〉が一緒だったのである。

いや、いつまでも〈おみやげ〉でも妙なものだ。——彼女、名を茂木みゆき、という。

一江を手伝って、夕食の仕度をしたのだが、この茂木みゆきという娘、見かけによらず料理も達者で、一江を少々不機嫌にさせたらしい。

それに、朋子も、慣れないながら、せっせと、皿を配ったり、スープを入れたり、大忙しだった。

何しろ、ダルタニアンの皿には、他の倍もスープが入ったくらいである……。

「しかし、どうもまだ全体が見えて来ないうらみがありますな」

と、ホームズ氏が言った。

「同感だわ」

私は肯いて、「浅井聖美が、矢島さんや大矢さんを操って、三矢産業を思うままにしようとしているのかと思ったけど……」

「そのために、自分のことを調べている中代を殺したとすれば、筋は通る」

と、ダルタニアンが言った。

「あの、お茶は？」

と、朋子が、空になったダルタニアンのカップに、もう一杯、紅茶を注いだ。

「や、どうも」

「いいえ……」

朋子は、半ばポーッとして、ダルタニアンを眺めている。

それを面白くなさそうに見ているのが、茂木みゆき。どうやら、ダルタニアンにこちらも気があるらしい。

「でも、あまりに単純すぎない？」

と、私は言った。

「全くです」

ホームズ氏が肯く。「これは私個人の好みで言うのではない。どうも、私は事件が複雑になるほど喜ぶというところがありますからな」

「同感！」

と、ダルタニアンが言ったので、みんな笑った。

「しかし、私の見たところでは、中代が、浅井聖美の重大な秘密を探り当てていたと思えないのです」

と、ホームズ氏は言った。

「そんなの無理よ」

と、茂木みゆきが言った。

「え？」

「あんなとろい人に、人の秘密を探るなんてこと、できっこない。一緒に寝りゃ、男なんてたいてい分かるわ」

あっけらかんと言われると、みんな笑うしかない。殺された中代には気の毒だったが。

「もし運良く何か見付けたとしても、すぐに矢田へ報告しなかったとは考えられない」

と、ホームズ氏が続ける。「やはり、中代が殺されたのは、何か他に理由がある、と見るべきでしょう」

「それに、あなたが狙われたこともね」

と、私は、茂木みゆきを見て、「何も心当りはない?」

「全然。――こんなに清く正しく生きてるのに、殺されるなんて」

と、ため息をつく。

「中代が何かあなたに洩(も)らしたこととか、なかった?」

「何も。だって、あの人、ただ夢中で――」

「まあいいわ」

と、私はあわてて遮(さえぎ)った。「ともかく、これからどうなるかが問題ね」

「矢田さんが、もしまた浅井聖美のとりこになったら!」

と、朋子は言った。「そしたら、お父さん、あの矢島さんみたいになっちゃうのかしら……」

「その心配はあまりないと思うわ」

と、私は言った。「初めから矢田さんはあの女を警戒してるから」

「分かんないわよ、男なんて」

と、みゆきが言った。「会って、とたんにデレーッとしちゃうもんだから」

「いずれにしても」

と、ホームズ氏が言った。「大人同士の色恋沙汰は、我々の関心外です」

「同感だわ」

「問題は、中代を殺した人間、そして、大矢夫人を自殺に見せかけて殺そうとした誰か……」

「あの養老院の事件はどう思う?」

「妙ですな、あれも」

「この事件とは関係ないのかしら」

「可能性はあります。しかし、あの元亭主は、何かを知っている」

「でも口を開かないわ」

「当人も、分かっていないのかもしれませんがね」

「どうする？　養老院へ戻ったとして……。また何かあったら？」

「当人も戻る気になっているらしいし、いいでしょう」

「でも――」

「誰かが、ついていればいいのです」

「どうやって？」

「もちろん、養老院へ入るんですな」

みんなで顔を見合わせる。

「看護婦さんとかになって？」

と、朋子が訊いた。

「医学の知識が必要だ、それでは」

「じゃ、どうやって――」

「変装か」

と、ダルタニアンが言った。「老けたメーキャップをして入ればいい」

「名案だわ」

と、私は言った。「その名人もいるし……。問題は誰が行くかよ」

私はみんなの顔を見回した。

「私はまあ……やはり、こちらのお嬢さんの母上を守らねば」

と、ダルタニアンは、朋子の肩に手をかける。

「ホームズさんが年齢的には……」

と、一江が言った。「私は、やはりＯＬとして、やるべき仕事が……」

「分かったわよ」

と、私は言った。「私が行くわ」

「お嬢様が？」

「行くなって言うの？」

「いいえ。ぴったりだと思います」

一江の言葉に、危うく私はソファから落っこちるところだった……。

12　夕暮の家

「なるほど」

北松院長は、肯いて、「これはなかなか、大変でしょう」

と、言った。

「やはり、家族がみるのにも、限度がありまして……。ぜひこちらでご厄介になりたいと――」

「分かりました」

北松はあっさりと承知した。「どうぞご心配なく。お母様の面倒は、充分にみさせていただきます」

「どうかよろしく」

頭を下げているのは、一江である。

もっとも、年のころ、四十六、七に見えるよう、扮装（ふんそう）している。老いた母の世話で、疲れて老け込んだ、という様子。

「お母さん。——じゃ、私、これで」

声をかけられたのは私で……。

我ながら、鏡を見るのが辛いような老け込み方。設定は七十代の後半というのだから、当然だが。

しかも、大分、ぼけて来て、よく分からないということなので、

「そうね……。じゃ、また明日」

と、多少ぼんやりと一江を見て、言った。

「またちょくちょく来るからね」

「はいはい。ごきげんよう」

と、頭を下げたりして……。

ルパン氏から教わったことを、よく頭に入れておかないと、つい若々しくなってしまいそうだ。

「送りましょう」

北松が、一江を送って、院長室を出て行く。

私は、素早く立ち上がって、院長の大きなどっしりした机の方へ歩いて行くと、引

出しを開けてみた。

週刊誌。スポーツ新聞。――何だか大したものは入っていない。

小引出しの、一番上の段が、ロックしてあって開かない。

何だろう?

ともかく、今は、一旦、ソファに戻ることにした。

北松が戻って来る。

ちょっと独特のサンダルの音。

「――さて」

と、北松は入って来ると、「あなたの部屋へご案内しますから」

「この前からそう言ってたんですよ。部屋はきれいにしなきゃって」

「そうですね。きれいですよ。ご心配なく。いいですね」

「はいはい……」

――北松という男。白衣は着ても、医者らしくない。

やり手の経営者であろう。目つきは結構鋭い。

年輩の看護婦がやって来て、私を案内してくれる。

もちろん、ゆっくりした足取りで、私は廊下を歩いて行った。

すると――向うから浅井文吉がやって来るのが見えた。

「あら、浅井さん、いつ帰ったの?」

と、看護婦が声をかける。

「昨日だよ。――俺（おれ）がいないと寂しいだろう?」

「そうね」

「新入りかい?」

「ええ。仲良くしてあげてね」

浅井は、こっちをジロジロ見ていたが、全く気付いた様子はない。

「ほら、浅井さん、彼女よ」

と、看護婦がからかう。

見れば、まだ充分に女っぽい感じの婦人が、歩いて来る。

どうやらこれが、滝口八重子らしい。

「これからデートさ。いいだろう」

「本当ね、羨（うらや）ましいわ」

私は、看護婦について歩きながら、滝口八重子とすれ違った。

香水が匂（にお）う。

「――いい匂い」

と、私は言った。

「そう？　私は嫌いよ」

看護婦のその言い方に、私はちょっとびっくりした……。

先入観というのは、恐ろしいものだ。

私は、こういう所はてっきり、物静かで、ほとんどの人が、のんびり陽なたぼっこなどして、うとうとしながら、去りし日への追憶に耽っているものだと思っていた。

ところが、とんでもない話で――。

「芳江さん」

図書室で、グラフ雑誌などをめくっていると、声をかけられる。

芳江というのは、私の仮の名。鈴本芳子を少し変えて、〈鈴木芳江〉ということにしてある。

「はあ」

「いや、いい日ですな」

と、隣に座ったのは、もう八十を過ぎた老人で、「こんな日には、ジョギングでもして、汗を流すのがいい」

「本当に先日はお世話さまでした……」

「私たちは、いわば同じ船に乗り合わせた船客ですよ。ねえ」

「でも、せがれは忙しくて……」

「いわば運命共同体。我々はお互いのことをよく知り合わなきゃいけません。――そう思われませんか?」

たぶん、百科事典のセールスでもやってたんじゃないか。何しろ口だけはやたらと達者と来ている。

見たところはもう、半分ひからびたような男なのだが。

「本当にお花がきれいなこと」

と、私は、花なんか見えない庭へ目をやりながら、見当違いの返事をする。

「いやいや、あなたこそが花です。表だけは枯れても、その奥には、花の甘さと美しさが充分に残っています」

何とこの男、私を口説いてるんである。

八十過ぎて、七十過ぎの女に言い寄るという、このエネルギー、気味悪いことは確かだが、一方で、感心もしてしまう。

「今夜こそ――憶えていて下さい。今夜こそは、あなたに青春が戻る。記念すべき日になるのです」

「はあ……」

と、私は言って、「あの――」

「何です？」

「ちょっと、暗いんですが……」

その男が、光を遮っていたのだ。

「や、こりゃ失礼」

男は立ち上がると、「いざ！　青春に乾杯しよう！」

と、一人で高らかに声を上げると、図書室を出て行った……。

何だろね、全く！

全く、驚いてしまう。

人間、七十、八十になっても、世俗の悩みから脱却することは容易なことではないらしい。

一見、穏やかに見える、この中の人間関係も、一歩中へ入れば、恋あり、憎悪あり、嫉妬ありで、若者や、中年世代の社会と少しも変らず、生ぐさいものだった。

浅井文吉と、滝口八重子の関係が、ここでは特別のものかと思っていたのだが、実際にはそうではなかったのだ。

まだ若い私にとって、それはまあ、多少ショックでもあった。

何といっても、人間は年齢と共に精神的にも成長し、老いては人生を達観した賢者となる、というのが、何となく若者の頭にある、「老人」の理想的イメージだからである。

しかし、考えてみれば、年老いたところで男は男、女は女で、むしろそれを捨てずに生きていることが、人間らしいことなのかもしれない。

ともかく、そういう目で眺めてみると、浅井と滝口八重子の仲の方が、むしろ何となく不純な印象さえ与えるのだった。

私に言い寄っている、あの老人——確か、西山とかいったが——にしても、私に恋しているというよりも、恋することのできる自分に、恋しているのかもしれない。

しかし、二十歳の娘としては、やはり、八十代の男性との恋には気が乗らない……。

「——どうするんだ」

と、苛々(いらいら)した声が聞こえた。

「何とかするしかない」

低い声で語り合いながら、図書室へ入って来たのは、男の看護人で、かなりがっしりした体つきの男たちである。

「まずいじゃないか。――この前やったばかりだ」

と、一人が舌打ちする。

「仕方ないさ」

二人は、どうやらソファにいる私のことに気付かず、図書室が空っぽだと思っているらしい。

「――で、時間の変更は？」

「ない。もう向うは出てしまってるんだからな」

「じゃ、明日の夜の二時か」

「そうだ。それまでにあれを何とかしないと――」

二人が、私のいるソファの方へ歩いて来て、ギクリとして足を止めた。

私は、グラフ雑誌を開いたまま、ウトウトしているふりをした。耳の方はしっかりと澄ましていたが。

「――誰(だれ)だ？」

と、一人が囁(ささや)く。

「新入りだ。鈴木何とかいった。大丈夫、大分ぼけてるんだ」

「出よう」

二人が、庭へと出て行く。

私は、息をついた。——怪しまれなかったろうか？

しかし、今のは何の話だろう？

「この前やったばかり」

というのは？

「明日の夜の二時」

というのは何のことだろう？

深夜の二時に、こんな所で何の用事があるというのか。

それに、私がいると知った時の、二人の男の様子が、気になった。あれは、何か良からぬことを企(たくら)んでいる人間の態度、と見えた。

どうもこの養老院、何か隠されていそうだわ。

私は、少し用心した方がいい、と思い始めた。ただ浅井のことを見ているだけでは、すまないかもしれない……。

ちょっと寄ってみようか。

朋子は、ちょうど父のマンションの前をタクシーで通りかかったので、ふと思い立ったのだった。

「すみません。そこで停めて下さい」

と、運転手に言って、「――待っていて下さる？」

「もちろん」

と、ダルタニアンが言った。

母親の方には、アニー・オークリーが付き添っているので、今のところ心配はない。ダルタニアンも、この可愛い少女のひたむきさに、大分ほだされている様子だった。

二人はタクシーを降りた。

ダルタニアンは、ロビーに入ると、

「では、ここで待ちます。どうぞごゆっくり」

と、肯いて見せる。

「すみません。ちょっと父の所へ」

と、言って、「もし、あの女がいたら、すぐ戻って来ます」

と、付け加えた。

エレベーターで三階へ上る。

三〇一号室の窓に明りが点いているのは、外から見ていたので、誰かいるだろうということは分かっていた。

チャイムを鳴らす前に、ちょっとためらった。

浅井聖美と父が――もし一緒に寝ている時だったら、どうしよう？

そんな時に、平然として帰って来る自信はなかった。でも――せっかくここまで来たのだ。

今さら引き返すわけにもいかない。

朋子はチャイムを鳴らした。

返事を待つ間もなく、パッとドアが開いたので、朋子はびっくりした。

「――お父さん」

「朋子。――お前か」

父は、がっかりした様子だった。

「うん……。悪かった？」

「いや、そんなことはない」

大矢は、首を振った。「入れ」

「でも——」

「いいんだ」

大矢は、もう一度促した。朋子は中に入った。

——何だか、中の様子が変っている。

「どうかしたの？」

と、中を見回して、朋子は訊いた。

「どうしてだ？」

「だって——何だか、いやに片付いちゃってる」

「お前、どうして知ってるんだ」

と、大矢が訊いた。

「私……一度ここへ来たの。この間」

「じゃ——会ったのか」

「聖美さんに？　ええ」

「何か言ったのか」

「何か、って——」

「あいつに、何か言ったのか、と訊いてるんだ！」

大矢の口調は、詰問調だった。

「何よ、その言い方。私がどうしたっていうの?」

「あいつは出て行った」

朋子は、驚いて、

「何て言った?」

と、訊き返した。

「自分の物を、全部持って行った」

「だって、あの人——いつも自分のマンションへ帰ってるって言ってたわ」

「それはそうだ。しかし、夜中だけだ。ほとんど一日、ここにいた。着る物も何も、ここに置いてあったんだ。それがなくなってる」

大矢は、うろたえていた。

女が、突然姿を消したので、ショックなのだ。それを隠そうとして、朋子にきつく当っているのである。

「私、出て行ってくれなんて言わないわよ」

と、朋子は言った。「お父さんがいないから、すぐ帰ったのよ」

「じゃ、なぜあいつは出て行ったんだ!」

「知らないわ！」

朋子もカッとなった。「東京中、駆け回って捜せば？　みんなが大笑いするわ！　いい見せ物よ！」

「黙れ！」

大矢が平手で、朋子の頰を打った。

しかし、今度は朋子も負けていない。すぐさま平手で父の顔を打ち返した。

大矢は、面食らって、我が子の目をじっと見つめていたが……。

やがて、がっくりと肩を落とした。

「――すまん」

と、首を振って、「痛かったか」

「そりゃね」

と、朋子は、打たれた頰を、そっと手でさすって、「まだ一つ、お父さんに貸してるのよ」

「そうだな」

大矢は肯いた。「――どうかしてたんだ」

大矢は、ソファにぐったりと身を沈めた。

「お父さん……」

「まだそう呼んでくれるのか」

「うん」

朋子は、父の肩に手をかけた。「おこづかいをくれてる間はね」

大矢は、ちょっと笑った。

「母さんは？」

「相変らず」

「――私の方も相変らずか」

と、大矢は自嘲気味に言った。

「そんなに好きなの、あの人が」

「よく分からん。――誰かにとられたのじゃないかと思うと、いても立ってもいられなくなるんだ」

朋子は、首を振って、

「良く分かんないな、私」

と、言った。

「そりゃそうだろう」

大矢は、朋子の肩を抱いて、やっと落ちついた笑顔を見せた。「――なあ」

「うん」

「今晩は泊っていけ」

「ここに？　いいの？」

「もちろんだ。ここはお父さんの家だ。ということは、お前の家でもある」

「寝る所、あるの？」

「ベッドが――」

と、言いかけて、大矢はためらった。「もし何なら、私はこのソファで寝る」

「いいよ」

朋子は微笑(ほほえ)んだ。「ベッドだって。お父さん、寝相悪い？」

「どうかな？」

と、大矢は言った。

「じゃ、ちょっと待っててね」

朋子は、マンションのロビーへと下りて行った。ダルタニアンが立ち上がって、

「どうでした？」

と、訊く。

「今夜、父と二人でここに泊ります」

「それは良かった」

と、肯いてから、「その頬は——。また、叩かれたのかな」

「これ？　ううん。ちょっと熱烈にキスされただけよ」

と、朋子は言った。「じゃ、私、ここにいますと——」

「伝えましょう」

ダルタニアンは一礼して、「ではおやすみなさい」

「ありがとう、いつも……」

朋子は、ダルタニアンの頬にキスした。

「——あんまり赤くならないようだ」

ダルタニアンはそう言って、クルッとステッキを回すと、マンションから足取りも軽く、出て行った……。

13　密談

一江は、朝から何となく落ちつかなかった。

もちろん、アルバイトの身だから、三矢産業の行末まで心配するには及ばないのだが、今日は、矢田がこの東京支店へやって来て、新しい支店長を発表することになっていたのである。

「――一江君」

と、コピー室のドアを開けて入って来たのは、もちろん、矢島忠男だった。

「あら、どうしたの？」

「いや……。何となく落ちつかなくてね」

と、忠男は頭をかいた。

「どう、お父様は？」

「うん。――一向にパッとしないよ」

と、忠男は言った。

「せっかく、この前の重役会で、しっかりしたところを見せたのにね」

「申し訳ないと思ってるんだ。みんなで、あんなに力を合わせて助けてくれたのに
……」

「お母様が来られたんでしょ?」

「うん。でも、一向に父の様子は変らないんだよ」

忠男は、ため息をついて、「もう一生、あのままかもしれないな」

と、言った。

「何言ってるの!」

一江が急に声を高くしたので、忠男は水でもかけられたようにギョッとした。

「いや――その――」

「家族が信じなくて、どうして病人が治るのよ! しっかりしなさいよ!」

忠男が謝る。――一江の方も、ちょっと咳払(せきばら)いして、

「失礼。今のは、ちょっと喉(のど)の調子をみたの」

と、澄まして言った。

忠男が笑い出す。二人の笑い声が、コピー室の中を一杯にした。

「――あら、まただわ」

コピーの機械が、二人にやきもちをやいたのか（?）、ゴトゴト音をさせて、止ってしまった。

「ちょっと見せてごらん」

忠男は、得意の（!）コピー機なので、自信たっぷりに中を覗いていたが……。

「なるほど」

パッパと手をはらって、肯く。

「で診断は、ドクター?」

「うん、ちょっと風邪をこじらせたんだな、こりゃ」

「コピーが?」

「インク切れさ」

「なんだ」

「倉庫にある。取って来よう」

「私も行くわ」

倉庫といっても、別の場所にあるわけではない。このフロアの、奥の方に区切られた一画のことなのである。

しかし、一応はちゃんと倉庫らしい造りになっていて、中は段ボールが積み上げられ、スチールの棚には、色々な資材や、文具の在庫が並んでいる。

「——この奥だな」

と、忠男は、棚の間を入って行った。

「汚れそうね」

と、一江が言った。

「君は待っててくれ。僕が取って来るよ」

「でも……」

入って行った忠男は、

「この下だな……。全く、何でも上へ上へと積み上げるから——下の物を出す時のことなんか、考えないんだからな」

と、ブツブツ言いながら、積み重なった箱の下の方の一つを、引っ張り出そうとした……。

棚が、その力で揺れた。——床には固定してあるので、当然、棚の上の方が、大きく揺れることになる。

「危ない！」

と、一江が叫んだ。

棚の天辺にのせてあった箱が、ズズッと動いて、傾いた。

一江が棚の間へ飛び込んで行く。忠男を突き飛ばすようにして、二人して床へ倒れる。バアン、という音と共に、棚の上から落ちて箱が壊れた。

「――大丈夫?」

と、一江が起き上がる。

「僕はいいけど、君こそ――」

「何とか、当らなかったわ」

落ちて来たのは、重いブックエンドだった。

「良かった……。頭にもろにくらってたら……」

と、忠男は息をついて、一江を見る。

「良かったわね」

「うん。――もし当ってたら、もう少し頭が良くなってたかもしれない」

忠男の言葉に、一江は笑い出してしまった。

「呑気ねえ、全く」

「そうかな……。いや、君のおかげで助かったよ」

「片付けましょ。あんまり重い物を、上にのせておくのはいけないわ」

二人して、棚を少し整理して、忠男は必要なコピー用インクを、いくつか予備も含めて、取り出した。

「これでよし、と」

「少し汚れちゃったわね」

「いいさ。でも——」

「え?」

「口は汚れてないだろ?」

「口は?」

「うん」

「そうね。——よく見てあげるわ」

「僕も君のを見てあげよう」

二人の顔が近付き……。しかし、二人は目を閉じてしまったので、どのみち、見えなかったに違いない。大体、キスしている時は、近すぎて、相手のことが見えるはずはない……。

「——ふん、いい気なもんね」

と、声がして、二人はハッと離れた。

「小沢さん」

と、一江は言った。

小沢紘子が、二人のラブシーンを覗いていたのだ。

「ねえ、あなた方、会社の中で、そういうことをしてもいいと思ってるの?」

と、小沢紘子は、厳しい口調で言った。

そう訊かれれば、一江としても、

「すみません」

と謝るしかない。

「いや、僕がいけないんだ」

と、忠男が言った。「僕が、いやがる一江君に強引にキスしたんだ。ねえ、そうだろう?」

「いいえ! 私の方です。私の方が、いやがる忠男さんに強引に――」

あんまり説得力がないと自分でも思って、言葉を切った。「でも――あの、私はアルバイトですから、クビになっても、どうってことないです」

「いや、僕こそアルバイトじゃないけど、クビになったら困るけど、でもやっぱり

「……何だっけ？」

紘子が笑い出した。

「——ああ面白い！」

と、笑いながら、「二人して焦っちゃって！　いい気味」

「小沢さん……」

「私はね、あんたたちの上役じゃないから、クビにするわけにゃいかないの。残念ながらね。もしその権限がありゃ、すぐあなたなんかクビにしちゃうんだけど」

と、一江を見てウインクすると、「でも、そういうわけにいかないから、許しちゃう。——どうせやるなら、うまくおやんなさいよね」

「じゃ、私たちのこと——」

「誰(だれ)にも言わない、私はね」

と、紘子は強調した。「でも、他の人は知らないわよ。他の子に見付かったら、きっと告げ口されると思ったほうがいい。——よく憶(おぼ)えといてね」

「はい」

と、一江は肯いた。

「例の矢田さんが今、やって来たわよ」

と言って、紘子は倉庫から出て行った。

一江はホッと息をつくと、

「いい人。——みんなああだと、会社って所も、いいムードになるんでしょうね」

「全くだ。さて、行こうか」

「ええ」

——一江は、気になった。一体誰が新しい支店長になるのだろうか?


「やあ」

と、矢田は言った。

「どうも」

大矢は、先に来て、待っていた。

支店長室は、今、空席のままだ。

二人は、その席の前のソファに、向い合って座った。

「——どうだ」

と、矢田が、言った。

「うむ」

——お互い、意味のない言葉のやりとりである。

「矢島はどんな具合だ」

と、矢田が訊いた。

「この前の重役会には出たが、その後、また良くないらしい。今日も委任状が来ている」

「そうか。——すると、俺とお前との二人で決めることになるのか」

「そうだな」

「一致すればいいが」

と、矢田は言った。「分かれたら、どうする?」

大矢は、ちょっと笑って、

「ジャンケンでもするか」

と、言った。

「いい考えかもしれないな」

——二人は、まず本社と、東京支店との、通常の連絡事項から、相談を始めた。

大矢も、さすがに、いくら聖美に溺れているといっても、仕事を放り出してはいない。

「——なるほど」

と、矢田は肯いた。「特に問題はないか」

「そう思う」

「K貿易との関係を除けば、だろう」

大矢の顔が多少こわばった。

「あそことの関係は、従来通りだ」

「そうかな。──ま、いい」

矢田は、別のファイルを開けた。「さて、次だが……」

「──失礼します」

支店長室へ、一江がお茶を出しに入って来た。

「ご苦労さん」

と、矢田が言って、

「君は何という名前かね？」

と、一江に訊いた。

「大川一江と申します」

「そんな社員がいたかな」

「あの──アルバイトです」

「そうか。それで聞き憶えのない名だったんだな」

と、矢田は肯いた。

「失礼します」

一江が出て行く。

「――さて、と」

大矢は、お茶を一口飲んで、「どう思うね？」

「支店長か。――まず、道は二つある。残る二人の内どちらかが、東京支店長を兼ねるか。でなければ、新しく誰かを選ぶかだ」

「兼ねるのはいいが、結局、東京へ本社を持って来ることになるだろう」

と、大矢は言った。

「うむ。矢島は今のところ再起できるかどうか分からない。その上、一人がこっちへ取られては、本社の方が、手薄になる」

「やはり、誰か選ぶしかないんじゃないのかな」

と、大矢は、足を組んだ。

「腹案はあるのか」

「そっちは？」

二人とも、しばらく口を開かなかった。

矢田が、ふと立ち上がって、窓の方へと歩いて行くと、下を見下ろした。

「どうした」

と、大矢が訊く。

「ゆうべだがな……」

「ゆうべ？」

「俺の泊ったホテルに客があった」

矢田は、大矢に背を向けて、立っていた。しかし、大矢には、その客が誰なのか、すぐに分かった。

「そうか」

大矢は肯いて、「朝までいたのか」

「うむ」

と、矢田は答えた。「朝までいた」

大矢の顔から血の気がひく。

「大した女だな、あれは」

矢田は振り向くと、「しかし、危険な女だ」

「ああ、それは確かだ」

「浅井聖美は言ったよ」

「何と?」

「東京支店長に、自分を就けてくれ、とさ」

「何だって?」

大矢は目をみはった。「本気で、か?」

「お前だって、顧問だと言って、重役会へ連れて来たんだ。それぐらい言って来ても、おかしくはない」

「しかし――」

「俺も、あの女が魅力的だということは認めるよ」

と、矢田は言った。「しかし、そこまで言うことを聞くことはできないな」

「そうだな」

「だが――あの女は、また今夜来ると言ってた」

矢田は微笑んで、「そして、俺はやはりドアを開けてしまうだろう」

「矢田――」

「二度、三度、くり返されれば、あの女の頼みを聞いてしまいそうな気がする」

矢田は、再びソファに戻り、身をのり出した。「大矢、聞け」

「うむ」

「あの女を、消すんだ」

「何だと？」

「そうしないと、三矢産業はおしまいだぞ。俺たち三人の会社ではなくなる」

大矢は青ざめた顔で、矢田の言葉を聞いていた。

「――どう思う？」

と、矢田は言った。

「うむ」

大矢は、呻くように言った。「お前の言う通りだな」

「辛いのは分かる。――たった一度一緒にいただけの俺でも、かなり勇気がいるからな。しかし、考えてみろ。この何十年の我々の努力が水の泡になるんだぞ」

「分かってる」

「決心がつくか」

大矢は、じっと目の前の茶碗を見つめていた。まるでその茶碗が答えを出してくれる、とでも言うように。

どれくらい時間がたったか……。

大矢は、ゆっくりと目を上げた。

「やろう」

と、大矢は言った。


こりゃえらいことになったわ、と一江は思った。

浅井聖美を消すって……。どうやるんだろう。

まさか、手品みたいに、布をかぶせてパッと外すと、消えているとか――そんなことならいいが、あの言い方は、「殺す」という意味に取れる。

一江は立ち聞きしていたわけではない。

いや、これも一種の立ち聞きかもしれないが、お茶を出した時、わざと支店長の机のそばを通って、インタホンのスイッチを入れておいたのである。

支店長室の外の、秘書席のインタホンから、二人の会話が聞こえていたのだった。

二人がしばらく低い声で話し始めた。インタホンのマイクでは拾い切れない。

聞かれていないと思っても、やはり人殺しの相談は、つい声が低くなるものらしかった。

「――よし、それでいいだろう」

と、元の声に戻って、矢田が言った。「ところで、どうする、この椅子は」

「そうだな」

と、大矢は大分落ちついた口調で、「こう思うんだが……。やはり〈三矢〉でいるためには、もう一つの〈矢〉を外すわけにはいかないだろう」

「同感だ」

「どうだろう。矢島の息子にやらせるというのは」

一江は思わず声を上げそうになって、あわてて、口をふさいだ。インタホンのスイッチが入っているということは、こっちの声も、向うに聞こえてしまうということなのである。

「そうか」

矢田が、少し笑ったようだった。「俺もそう思っていた」

一江は、そっとインタホンのスイッチを切ると、タッタッタと廊下まで駆けて行き、

「やった！」

と、大声を上げて飛び上がった。

ちょうどトイレから出て来た女子社員が、びっくりして目を丸くしたのだった……。

14　深夜の訪問者

年寄りは眠りが浅い、とかいうが――。

私がそのかすかな音で目を覚ましたのは、やはり七十代の老婦人に変装しているせいだったろうか？

もちろん、年齢（とし）のせい、なんかではない。そりゃ、そうだ。自分でも、あまりの名演技ぶりに、自分が二十歳だということを忘れそうになる（？）が、いくら何でも、七十いくつと、間違えることはない。

個室は快適で、まあホテル並みとまではいかないとしても、大して劣らないだけの設備ではあった。

ベッドも適度に固く、寝やすかった。――実際、ここへ来てからは、床へ入るのも早いので、いつもよりよく眠っているくらいだった……。

しかし、今夜は、ぐうぐう眠り込んでしまうわけにはいかなかったのだ。

あの、二人の看護人の話にあった、

「夜中の二時」

に、何があるのか、見届けるつもりだったからだ。

ところが——正直に言うと——私は、ベッドに入って、さて、何が起こるのか、と

あれこれ想像している内に、眠ってしまったのだった……。

だから、その音で目が覚めたのは、ありがたかったし、まあ多少は、潜在意識に、

起きなきゃいけない、という気持があったのかもしれない。

それは、ドアのノブが、静かに回る音だった。

ここの個室は、隣の物音なんかは一切聞こえないが、ドアに鍵はかからないように

なっている。——やはり老人がいるのだから、夜中にでも、何があるか分からない、

ということなのだろう。

ノブが回る、カチャッという音で、目を開けた。——これはホームズ氏のアドバイ

スで、ドアの把手の所のネジを、少しゆるくしておくと、誰かがこっそり入ろうとし

た時、音をたてるので、分かる、というのだった。

そのアドバイスは有効だったようだ。

ドアがスッと開いて、誰かが入って来た。

私は、薄目を開けて、薄暗がりの中の人影を判別しようとした。

男。——男だ。それも、どうやら、ここの入居者の誰か……。

あいつだ！

私に言い寄ってくる、八十過ぎの西山という老人である。

いつも相手にしないので、ついに夜中に忍んで来たというわけか。——それにしても、大した度胸と情熱！

しかし、いくら変装していても、こちらはうら若き乙女である、こんなのに好きなことされちゃかなわない。

ベッドの傍へ来て、西山が私の様子をうかがっている。私は、ぐっすり眠り込んだふりをしていた。

西山の手が、毛布にかかった。めくり上げて中へ入ろうというわけだろう。

そうはさせるもんか！

私は、「ウーン」と呻いて、寝返りを打つ格好で、片足をパッと出して、西山のお腹を思い切りけっとばしてやった。

「ウッ！」

と、西山は体を折って、よろけると、床にドスンと尻もちをついてしまう。

ざま見ろ。

そしらぬ顔で寝ていると、西山は、お腹を押えながら、よろよろと、部屋から出て行ってしまった。

これで、当分はこりてやって来ないだろう。

さて……。うまい具合に、西山が起こしてくれた。

私は、時計を見た。一時を少し回っている。

そろそろ、何か起こるとすれば、動き出してもおかしくない時刻である。

私は、そっとベッドから出た。スリッパは音をたてるので、靴下だけはいて、それで歩くことにする。

ガウンをはおっていれば、まあ、廊下を歩いて見付かっても、トイレに行くところだ、とかごまかせるだろう。

私の部屋の窓は、庭と裏門の方へ面している。もちろん、重いカーテンが下がっているのだが……。

明りが、カーテンにちらついた。

窓辺に寄って、そっとカーテンを開けてみると、裏門の前に、トラックが停(とま)っている。

そのライトが、すっと消えた。

何だろう？——二時にはまだ早い。

しかし、私は、ともかく廊下へ出てみることにした。

そっとドアを開け、首だけ出して、左右へ目をやる。——人の姿はなかった。

およそ、こういう廊下には姿を隠すような物が何もない。

一旦出たら、ともかく身を隠せる場所まで、急ぎ足で行ってしまうことだ。

私は、階段の方へ向った。〈備品室〉というのがあって、シーツだの毛布だのが、沢山入っている。

ともかく、一旦、私はその部屋の中へと隠れた。

いいタイミングだったらしい。階段の方に、足音と話し声がした。

「いつもじゃないか」

と、文句を言う声。

「遅いか早いかだな。この前は一時間も遅れて、今夜は四十分も早い」

「おい、廊下をチェックしろよ」

「分かってる」

三人か四人、看護人たちだろう。

「大丈夫、誰もいない」

と、一人が言った。

何しろ、夜中に起き出して、廊下をふらふら散歩としゃれ込む老人も少なくないのだ。

「よし。じゃ下へ行くぞ」

ここは二階である。——ということは、今、上の階から（ここは四階までしかないが）ずっと、廊下に人がいないのを確かめているのだろう。

足音が、階段を下りて行くと、私はそっと〈備品室〉から出た。

やはりあのトラックが、何かを運んで来たらしい。

どうやら、あまりまともな仕事でないことは、直感的に分かった。

危険は分かっていたが、ここまで来て、やめるわけにもいかない。私は、足音をたてないように気を付けながら、階段を下りて行った……。

一階は、娯楽室だの図書室だのがあって、個室はない。

ともかく、庭の様子を見るのに、いい場所を選ぶことが第一だった。裏門の方まで見通せれば、言うことはない。

やはり図書室が一番、という気がした。

私は、用心しながら、図書室のドアへと、足を進めた。――大丈夫。みんな、庭の方へと出ているようだ。

図書室へと滑り込むと、中はもちろん真暗。しかし、庭へ面したガラス戸は、レースのカーテンが引いてあるだけだった。庭の明りが、うっすらと室内へ射し込んでいて、目が慣れて来ると、充分に見分けられた。頭を低くして、進んで行く。――ソファの後ろへ入って、姿が隠れるように寝そべると、私は、ガラス戸越しに、庭の様子を見つめたのだった。

――裏門の辺りに、男たちが十人近くも集まっていた。

裏門が開く。――そして、あのトラックがゆっくりと、庭へ乗り入れて来た。

表に停めておくわけにはいかないのだろう。

すっかり庭の中へ入れてしまうと、裏門が閉じる。

「早くしろ」

という声が耳に入った。

あの声は……。私はじっと耳を澄ませた。

誰だろう？　どこかで聞いた声だわ。

しかし、何といってもガラス戸越しなのであまりよく聞こえないのだ。

見ていると、トラックから次々に箱が下ろされた。一見したところ、ごく普通の段ボールだが……。それだけであるはずがない。

何か隠されているのだ。

と——下ろした段ボールを、男たちが、こっちへ、図書室の方へと運んで来たのである。

私はあわててソファの後ろに頭を引っ込めた。カメが甲らの中へ頭を入れるような感じである。

戸が開いた。

「その辺にどんどん積み上げとけ」

と、指示する声。「早く中へ入れるんだ！　目につくぞ」

私がいるソファの前は、段ボールがどんどん山積みにされる。おかげで、何も見えなくなってしまったし、出るに出られなくなった。

「あと少しだ！——急げ」

と、男の声。

「数を確かめろ」

と、またどこかで聞いた男の声がした。

姿が見えないので、必死で考えてみるのだが、一向に思い当らない。

「――ＯＫ、これだけだ」

「数は？」

「大丈夫、チェックしました」

「よし、門を開けろ」

裏門の開く音。そして、トラックの出て行く音がした。

足音がして、男たちが図書室へ入って来たらしい。

「――何とか大丈夫でしたね」

「油断するな。急いで、これを隠すんだ」

といったやりとり。そして、段ボールを今度はどこかへ運んで行くらしい。

「一つ、開けてみよう」

と、声があった。「念のためです」

「いいだろう」

段ボールの一つが、バリバリと裂かれる音がした。詰めものを取って……。

「――これか」

「一袋で何億円だぜ」

「大したもんだな」

「――よし、持って行こう」

見当がついて来た。

麻薬。おそらく、それに違いあるまい。

養老院で、医療設備もある。薬がストックしてあっても、少しも不思議ではない。

その中に麻薬を隠しておいて……。

ここから、どこかの暴力団などを経て、流しているのだろう。

何てことだ！

とんでもない発見に、私は少々呆然（ぼうぜん）としていた。

ハッと気付いた時には、あの、独特のサンダルの音が、すぐ近くに迫っていたのだ。

「――誰だ！」

ソファがパッと動かされた。光を当てられた瞬間、私は、いつもの若い顔に戻ってしまっていたのだ。

「捕まえろ！」

と、声が飛ぶ。

私は、駆け出した。

しかし、足音をたてないように、と、靴下でいたのが、裏目に出てしまった。リノリウムの床では、滑ってしまうのだ。

アッという間に追いつかれて、私は二人の大男の看護人に押えつけられてしまった。

「——こいつ、変装してやがったんだ」

腕をねじ上げられて、私は、北松の前へ引っ張って行かれた。

「刑事かな」

と、北松は私を見て言った。「変装をこすり落とせ」

抵抗するには相手が多すぎる。私は、ゴシゴシと皮がむけそうなくらい顔をこすられた。

「——若い女だ」

と、北松は目を丸くした。

「どうした」

と、後ろで声がした。

私は、そばで聞いて、やっと分かった。誰の声なのかが……。

「こいつ、変装して潜り込んでいたんです」

と、北松が言った。

その男は、私の前へ回って、

「おやおや」

と、目を丸くした。「これは驚いた」

「とんでもない悪党だったのね」

と、私は言ってやった。

「気の強いお嬢さんだ」

笑ってそう言ったのは、浅井文吉だった。

「しかし、大した扮装だ。こいつはプロですよ」

と、北松が言った。

「この女の周りには、色々、変った奴がいるんだ。大方その一人にやらせたんだろう」

と、浅井は言った。

「何もかもでたらめだったのね！」

と、私は言ってやった。

「まあね――しかし、あんたにこんなところを見られたんじゃ生かしておくわけにもいかないな」

と、浅井は言った。「安田や、あの看護婦同様、消すしかないか」

「そうですね」

と、北松が肯いた。「やらせましょう。夜中に外へさまよい出て、池に落ちて死んだとか……」

「本物の婆さんなら、それでもいいが、若い女だぞ」

「あ、そうか」

「まあ、普通の服を着せて、トラックの前にでも放り出すんだな」

気楽に言うな！

「そうか。それとも――」

浅井が、ちょっと唇を歪めて笑った。「あの薬を使うか」

「いいですね」

と、北松が肯く。

「栄養剤はいらないわ」

と、私は言ってやった。「充分に元気ですからね」

「遠慮するな」

と、浅井は笑って、「いい気分になるぞ。そして薬がほしくて、何でも言うことを聞くようになる」

誰が！――しかし、そういう薬の力に、逆らえるものだろうか？

「なかなか可愛いし、オモチャ代りにするのもいいかもしれませんな」

と、北松が言った。

「よし。ともかく、まず荷物を整理するのが先だ。こいつは倉庫へ縛って放り込んどけ」

私は、どうすることもできないままに、手足を縛られ、口にぴったりとテープを貼られて、かつぎ上げられた。

――地下へ下りると、ひんやりした空気が肌を刺す。

倉庫というのは、地下の奥まった所にあった。

鉄の重い扉が開くと、私はその中へ放り込まれた。コンクリートの床に、叩きつけられて、思わず呻き声を上げる。

「そこでゆっくりしてな」

と、笑って、男が行ってしまう。

扉が閉じると、中は全くの闇だった。

――体を打ちつけた痛みが、少しずつ治って来ると、私は、何とか手足の縄を解こうと動かし始めた。

しかし、向うも下手なことはしない連中のようだ。とても縄はゆるんで来ない。

――諦(あきら)めて息をついた。

いつか、こんな目に遭(あ)うことも、覚悟はしていたが、やはり怖い。

いつまでも、ダルタニアンやホームズ氏が私のことを放っておくとは思えないが、

助けられる時までに、麻薬が私をめちゃくちゃにしていないといい……。

私は祈るような思いで、暗闇の中、時間の過ぎるのを、ただ待っていた……。

15　殺意の風

「どこへ行くの？」

と、浅井聖美が訊いた。

「郊外さ」

と矢田が言った。「同じホテルじゃ、味気ない」

「それはそうね」

矢田の運転する車は、深夜の高速道路を、風の唸りを聞きながら、突っ走っていた。

「――支店長の件は、悪かったな」

と、矢田が言った。「やはり社内に反発もあるからね」

「あら、いいのよ」

と、聖美は言った。「私の言い方も悪かったの」

「しかし、矢島の息子じゃ、いかにも頼りないしな」

「そうね。――でも、やっぱり妥当な人選だと思うわ」

「そう言ってくれると、気が楽になる」

矢田は、片手で聖美の膝(ひざ)を軽く撫(な)でて言った。

「あなたとの仲は、このままでいいんでしょ?」

聖美は、矢田の肩に頭をのせて、言った。

「もちろんさ」

と、矢田は肯いた。「しかし――」

「なあに?」

「君はいいのか。――矢島や大矢に、未練はないのかい」

「ええ……」

聖美は、窓の外の流れる風景に目を向けて、「矢島さんも大矢さんも、それぞれにいい人たちよ。でも――あなたに会って……」

聖美は、ゆっくりと息をつくと、

「あなたに会って思った。これこそ、私の求めてた人だって」

「そうか」

「矢島さんをあんな風にしてしまったことには責任を感じるわ」

「仕方ないさ。大人同士の関係だ」

「でも、あそこまで思い詰める人とは思わなかったのよ」

「その内には、回復するだろう」

「そうなってほしいわ」

と、聖美は肯く。「それに、大矢さんは大丈夫だと思うの。あの人は強い人だわ」

「そうだな」

「でも――」

と、聖美は甘えるように矢田に体をすり寄せて、「あなたが一番強いわ」

「そうかい？」

「そう。あなたとなら、ずっといつまでもやっていけそうよ」

「それを今夜ためしてみようじゃないか」

矢田はニヤリと笑った……。

行く手に、灯が見えた。

「あれだ」

と、矢田が言った。「湖のほとりに立ってる。なかなか洒落たホテルだよ」

「嬉しいわ」

「じゃ、着いたら、少し腹ごしらえをしようか」

「そうね。――後でお腹(なか)が空(す)きそうだわ」

と、聖美は言って、笑った。

「――何か取るか」

と、矢田が言った。

「ええ……」

聖美は、息をついて、「何か飲みたいわ」

「酒か」

「そうね。――任せるわ」

「よし」

矢田はベッドから出た。「――目が回りそうだよ」

「頑張り過ぎじゃないの」

と、聖美は笑った。

「なに、まだこれからだ」

矢田はガウンを着て、「シャワーでも浴びて来たらどうだ」

「そうするわ」

聖美の、みごとな裸身が、バスルームへと消える。

矢田は電話の受話器を取った。

——聖美はバスルームから、バスローブを着て出て来た。

「さっぱりした。あら……」

風が吹いて来る。

湖へ面してバルコニーがあり、そこへ出るガラス戸が開いているのだ。

ガウン姿の矢田が、背中を見せて、立っている。風は少し冷たいくらいだった。

「どうしたの？」

と、聖美はベランダへ出て行った。

「風に当っていたのさ」

矢田が言った。「夜の湖ってのも、いいもんだ」

「でも、真暗で、何も見えないわ」

「そりゃそうだけどな。——時には、何も見えない方がいいってこともある」

矢田が、少し部屋の方へ戻って、振り向いた。「君がシャワーを浴びてる間に、客があったんだよ」

「え？」

カーテンの陰から、大矢が現われた。

聖美は、目を見開いた。

「どういうことなの、これ？」

「こっちが訊きたい」

と、大矢が言った。「何て女だ！」

「矢田さん、あなた――」

「悪いかね」

と、矢田は、首を振った。「僕らで話し合ったんだ。君は三矢産業を――僕らが何十年もかかって作り上げて来たものを壊してしまう女だ」

「私は……」

「だが、君がいる限り、私も大矢も、君をめぐって争うことになるだろう。だから、気の毒だが――」

聖美はベランダの手すりを、ギュッと握った。

「私をどうするの」

「殺す」

と、矢田が言った。

大矢が拳銃を取り出した。

「何ですって?」

聖美は、真青になった。「私を撃ったら、あんたたちだって――」

「撃ちやしない」

と、矢田が遮る。「君はそこから下へ転落するんだ」

「ここから?」

「事故か自殺か。誰にも分からない。この部屋のベランダは、誰からも見られないんだから」

「それでここを選んだのね」

「そうさ。――大矢、狙ってろよ、彼女を」

「ああ」

「誰か!」

聖美が、飛び出そうとした。矢田が、それをつかまえて、ベランダの端へと押し戻して行く。

「放して! 放してよ!」

聖美が叫んだ。

しかし、その叫び声は、湖からの強い風に吹き飛ばされて、どこにも聞こえなかったろう。

「諦(あきら)めろ!」

矢田が、聖美を手すりに押し付ける。

聖美は、手すりにしがみついた。矢田がその体を何とかかかえ上げようとする。

「やめて!――人殺し!」

「待て!」

大矢が叫んだ。「矢田! やめろ!」

「何だと?」

矢田が振り向く。

大矢の銃口は、矢田の胸に向いていた。

「やめろ。彼女を放せ」

「どうかしたのか!」

「やめろと言ってるんだ! 殺すのはいかん!」

「俺(おれ)はやる。――撃つなら撃て!」

矢田が、聖美の体を手すりの外へと押し出す。聖美が悲鳴を上げた。

「やめて！」

ドアが開いて、朋子が飛び込んで来た。

「いけない！」

振り向いた大矢が、愕然（がくぜん）とした。

「朋子！　お前どうして――」

「キャーッ！」

聖美が叫んで、手すりの向う側に、姿が消えた。

大矢は、パッと矢田の方へ向き直ると、引金を引いていた。

はじけるような銃声がして、矢田が、よろけた。

ゆっくりと振り向くと……矢田はベランダに崩れるように、倒れた。

「お父さん……」

朋子は、大矢の腕をつかんだ。「撃ったの？」

「ああ……」

大矢の手から、拳銃が落ちた。「何てことだ……。俺は何てことをしたんだ……」

「お父さん」

朋子が、大矢にしがみつく。

「朋子……」

大矢は、床に崩れるように座り込んでしまった。

「――間に合わなかったか！」

部屋へ駆け込んで来たのは、ホームズ氏だった。

「ホームズさん……」

「遅かったな。――仕方ない」

ホームズ氏が、倒れている矢田の方へと歩いて行く。

「どうですか？」

と、朋子が言った。

「死んでるよ」

ホームズ氏が戻って来た。「大矢さん――」

「分かっています」

大矢は肯いた。「自分のやったことの責任は取ります。それだけは、人間として最低限のつとめだ」

ホームズ氏が、拳銃を取り上げると、

「では、一緒に警察まで行きましょう」

と、言って、大矢の肩に手をかけた。

大矢は立ち上がると、

「朋子……」

「お父さん。——いつまでも、待ってるからね」

と、朋子は言って、父親の胸に顔を埋めた……。

ホームズ氏に促され、大矢は歩き出した。朋子がその後に従う。——三人は、静かに部屋を出て行った。

「——失礼」

と、その男は言った。「警察の者です」

「警察の——」

矢島忠男は、急いでマンションのドアを開けた。「あの——どうぞ」

「こんな時間に申し訳ないですね」

と、中年の刑事は、上がり込んで、言った。

確かに、人を訪問するには、遅すぎる時間だった。夜中の二時を過ぎている。

「いや……。ちょっと待ってて下さい」

忠男は、パジャマ姿の上にガウンをはおると、水で顔を洗ってから、居間へ行った。

「どうも……。すみません、お待たせして」

「いやいや」

刑事は首を振って、「ご両親は？」

「母は眠っていて……。できれば起こしたくないんですが」

「いや、結構ですとも」

「父はこのところ具合が——。母も、看病疲れなんです」

「分かりました」

と、刑事は肯いた。「大矢さん、矢田さんの二人をご存知ですね」

「ええ。父のパートナーです」

「実は、今夜のことなんですがね」

と、刑事は言った。「大矢と矢田の二人が、浅井聖美という女性を——ご存知ですね」

「はい」

「彼女をホテルのベランダから、突き落として殺したのです」

「何ですって？」

忠男は啞然とした。「二人で？」

「突き落としたのは矢田です。大矢もそれに加わるはずだったのですが、どたん場で矢田を止めようとして、拳銃で撃ったのです。しかし、間に合わなかった」

「じゃ——矢田さんもけがを？」

「矢田は死にました」

忠男は、もう口もきけないという様子だった……。

「大矢は今夜自首して来ました。——どうやら、お宅のお父さんと三人で作った会社ということのようですが」

「そうです……。でも、こんなことになるなんて」

「まあ、大変でしょう。その間のいきさつなど、あなたのお父さんからうかがわなきゃならんので、明日、改めて、参ります」

「はあ」

「では、どうも夜中に申し訳ない」

「いえ……。ご苦労様」

玄関まで送っては行ったが……。

刑事が帰ってしまうと、忠男は、ふらふらと居間へ戻って来た。

そして、ギョッとしたように、立ちすくんだ。——父が、立っていたのだ。

「お父さん。——目が覚めたの？」

と、忠男は、無理に笑顔を作った。

矢島は、ゆっくりとソファに座ると、タバコを一本くわえて、火をつけた。

その様子は、以前の通りの父親だった。

「お父さん……」

「あの女が死ぬとはな……」

と、矢島は言った。

「聞いてたの？」

「ああ」

「じゃ——もう何ともないの？」

「当り前だ」

と、矢島は言った。「俺はもともと、何でもない」

「も、も、もともと？」

「全部、仕組んだ筋書だ。——矢田と大矢を同士討ちさせて、俺一人が残る。そしてあの女とお前と三人で、新しい三矢産業を作るつもりだった」

「何だって?」

忠男はよろけて、ソファにドスンと腰を落とした。「じゃ——騙してたの、僕や母さんを!」

「お前はすぐ顔に出る奴だからな」

と、矢島は言った。「初めから、聖美と相談の上でやったことだ」

「お父さん……」

「しょせん、無理だったのさ」

と、矢島は言った。「三人で等しい権利を持って、なんてな。俺がやらなきゃ、矢田が、でなきゃ大矢がやってたさ。誰か一人が残ることになっているんだ」

「だけど——女のために古い親友に殺し合いを?」

「違う」

と、矢島は言った。「お前のためだ! 分からんのか」

「僕のため?」

「そうとも。会社が次の世代へ移る時、お前は頼りなさすぎる。俺が全部の権力を握っていれば、それをお前に譲って、俺が監督していられる」

矢島は、ゆっくりと煙を吐き出した。「ずっと考えていたんだ。そこへ——あの女が現われた」

忠男は、ただ呆然(ぼうぜん)としている。

「あの女を利用しようと決めたんだ。大矢はうまく引っかかった。しかし——矢田は難しいと思っていた。まさか、あの女を殺すとはな……」

矢島は首を振った。「しかし、ともかく、死んだ者はもう戻らん。これで三矢産業は、俺とお前の二人のものだ。これからゆっくりと、経営者の腕を磨くんだな」

真青になった忠男は、ふらっと立ち上がると、寝室の方へと歩いて行く。

「おい、忠男。——どうした」

忠男の耳には入らない様子だ。

そして、寝室へと行きかけた忠男が、妙な顔をして、戻って来た。

「お父さん……」

「何だ?」

「お客さんだよ」

「客?」

忠男がわきへどくと、大矢と、そして矢田の二人が、居間へ入って来た。

矢島は、愕然とした。タバコが落ちる。

「カーペットがこげるぞ」

矢田が、そのタバコを拾い上げて、灰皿に押し潰した。「全く、どうしてこんな健康に悪いものが好きなのかな……」

「お前たち――」

「話は聞いた」

と、大矢が言った。「悲しいもんだな、矢島」

「今の刑事は偽ものさ」

と、矢田が言った。

「それじゃ――」

「誰が一体あの女と組んでいたのか、知りたかったんだ」

と、大矢は言った。「お前であってほしくなかったよ」

「これで――」

と、矢田が言った。「〈三矢〉の一本は欠けたことになる」

矢島が、青ざめた顔で、ゆっくりと息を吐き出した。

16 追跡

どんなに時間がたっていたとしても、一日も二日もたったわけはなかった。

暗闇の中で、時間の感覚はあてにならないとしても、せいぜい三時間ぐらいだったろう……。

私は、足音が聞こえたので、頭を上げた。

打ちつけた所が少しまだ痛んだが、他はそうでもない。しかし、手足の縄は、全くゆるんでもいなかった。

扉が開いて、突然光が射し込んだので、私はまぶしさに目がくらんだ。

「おとなしくしてたようだな」

と、北松の声がした。「運び出せ」

再び、看護人の肩にかつぎ上げられて、私は、倉庫から運び出された。

一階へ上がり、連れて行かれたのは、あの図書室。――明りが点いて、浅井や、他の男たちがウイスキーを飲んでいた。

「やあ、来たな」

浅井が笑いながら、立ち上がった。「——よし。口のテープをはがしてやれ」

テープがピッとはがされると、私は痛さで顔をしかめた。

「顔をしかめたところもなかなか可愛いじゃないか」

と、一人がからかう。

「何の用なの？」

と、私は浅井をにらみつけた。

「おやおや、元気だけは一向に衰えないようだな」

「近付いたら、かみついてやるからね！」

「ま、せいぜい頑張れよ」

と、浅井は言った。「約束通り、君に薬をやろう」

「結構よ」

「中毒になるには、始めるのが早ければ早いほどいいからね」

北松が、注射器を取り出した。

「押えつけろ」

暴れようとしたが、屈強な男三人にしっかり押えつけられては、身動きできない。

——とてもだめだ。

何とか、薬の効果に堪えるんだ。私は、唇が切れるほどきつく、かみしめた。

「消毒はきちんとな」

北松が、消毒綿で私の腕の血管の出たところを拭く。「痛いのは、最初だけだ。がまんしろよ」

針の先がチクリと触れる。私は目をつぶった。すると——。

「パーティですか！」

と、突然大声がして、みんな仰天した。

「いや！　楽しそうだな。仲間に入れて下さいよ」

入って来たのは、あの西山老人だった。

「こりゃ西山さん」

と、浅井が言った。「目が覚めたんですか？」

「ええ。何しろあなた、この年齢になると、そう寝なくても……。おや、それは誰ですか？」

と、私の方を覗き込む。

「いや、これはね、ほら、あなたが気にしていた、鈴木芳江さんですよ」

「は？　しかし——いやに若く見える」

　と、西山が眉（まゆ）を寄せたので、みんなが笑い出した。

「女は化粧で変るもんです」

「全くですな！　しかしね、この人は私をけっとばしたんです！　ひどい目にあった」

　と、憤然としている。

「おや、本当ですか？」

「本当ですとも。まだこの辺りが痛みますよ」

　と、顔をしかめる。

「じゃ、どうです。こうして縛りつけてありゃ、けとばされる心配もない。ご自由にしていいんですよ」

「本当ですか？」

　と、目を輝かせ、「そりゃありがたい。こういう女をものにするのも、またいいもんです」

「同感ですな。——おい、仰向（あおむ）けにして、縛りつけろ」

——もうこうなったら、どうにでもなれ、って気分だった。

私は、図書室のテーブルの上に仰向けにされ、身動きが取れないようにテーブルの脚に手首と足首を結びつけられてしまったのだ。

「さて、どうぞ」

「いや、どうも……すみませんね」

と、舌なめずりという様子で、テーブルの上に這い上がろうとして落っこちてしまう。

みんながどっと笑った。

「いやいや……。焦るといかんですな。今度は大丈夫……」

テーブルへ上がって来た西山が、私の上にのしかかって来る。私は目を閉じた。

「頑張れ！」

などと、声援が飛んだ。

すると——耳もとで、

「縄は、引っ張れば解けるよ」

という声がしたのだ。

パッと目を開けた。——目の前の西山の顔が、一瞬若返って、ルパン氏の顔になったのだ！

「いいね……。一、二の――」

と低い声で言ってから、「三！」

ルパン氏の体がテーブルの上から、宙を飛んだ。北松の顎にルパン氏の足げりが決って、白衣の体が吹っ飛ぶ。

私はパッと起き上がった。いつの間に縄を――。

ともかく、私は呆気に取られている男たちの一人に、椅子を叩きつけた。

「逃がすな！」

と、浅井は怒鳴った。

「それはこっちのセリフですな」

いつの間にか、庭の方の戸が開いて、ダルタニアンがステッキを手に立っていた。

私は嬉しくて涙が出そうになった。

「やっつけろ！」

と叫んで、ダルタニアンへ向って行った白衣の男が、「アッ！」

と、顔を押え、よろけた。

指の間から血が流れる。

「血が目に入ると、しみて痛いよ」

とダルタニアンが言った。

「のんびりしていないで、やれよ」

と、ルパン氏が言った。

「もちろん」

ヒュッ、ヒュッ、と白刃が躍った。

一人は足首の腱(けん)を切られて倒れて、一人は胸を切られて、わめきながら、庭へ転がり出る。

「畜生！」

北松が、ドアに向って駆け出す。——と、目の前に立ちはだかったのは、一江だった。

「お嬢様によくも……」

と言ったと思うと、手にしていたビールびん——どこから持って来たのか——で、北松の頭を一撃した。

びんが砕け、中のビール（入っていたのだ）が白衣を染めた。

北松が、ふらっとよろけて、引っくり返った。

「二日酔ですね」

と、一江が言った。

「――浅井が逃げたぞ」

と、ルパン氏が言った。

「任せろ」

ダルタニアンが、庭へ駆け出す。

「ありがとう！」

と、私はルパン氏の手を握って、「けとばしてごめんね」

「いやいや」

と、ルパン氏は苦笑して、「しかし、あれはきいた」

私は、ダルタニアンの後を追って、庭へ飛び出した。

「――どこへ逃げたのかしら」

「上です」

「上？」

見上げて、私はびっくりした。「まあ！」

養老院の屋根に上って逃げて行くのは、浅井に違いない。

「どうやって上がったのかしら」

「はしごですな。しかし、それを上げてった」

「じゃ、追いかけられない？」

ダルタニアンはニッコリ笑って、

「木は何のためにあると思いますか？」

「上るため！」

「ご名答！」

「私も子供のころから、木上りが得意だったのよ。任せて！」

大きな木に、ダルタニアンと私はスルスルよじ上った。ま、スルスルといっても、私の方は多少、よっこらしょという感じではあったが……。

「飛べますか？」

「屋根が破れなきゃね」

「では——それ！」

屋根に向って飛ぶ。——何だかムササビにでもなった気分である。

ドシン、と、着陸（？）した時は、尻もちもついたが、しかし、何とか無事だった。

「——あそこです！」

ずっと先を浅井が逃げて行く。しかし何といっても、こっちは若い。ダルタニアンと二人、どんどん間を詰めて行った。

「――待て！　待ってくれ！」

と、浅井が、ハアハア喘ぎながら、言った。

「降伏するかね」

と、ダルタニアンが訊いた。

「誰が！」

浅井が拳銃を取り出した。サッと素早く――抜いたつもりだったのだろう。

しかし、ダルタニアンの方がはるかに早かった。剣が宙を飛んで、浅井の腹に突き立っていた。

浅井は、ちょっとの間ポカンとして、それを眺めていたが、やがて手から拳銃を落とした。

「剣を返してもらうよ。高いんだからね」

ダルタニアンがすっと剣を引き抜くと、浅井の体は、屋根から転がり落ちて行った。

「やったわね……」

と、私は言った。

「麻薬などを扱う奴は人間の屑です。何人の人間を殺しているか。――許すわけにはいきませんよ」

ダルタニアンの言い方は静かだったが、怒りが漲っていた。

私は肯いて、

「同感だわ」

と、言った……。

これで、やっと私も命拾いしたわけである。

「じゃ、そもそもは浅井の計画だったのね」

と、私は言った。

「そうです」

と、ホームズ氏が肯いた。「浅井はK貿易という会社の裏側で、麻薬の密輸に手を染めていた。あの養老院を隠れみのにしてね」

――私たちは、また屋敷の居間に集まっていた。

私とホームズ氏、ダルタニアン、そして、大矢守と朋子の父娘、矢田である。

一江はいつもの通り、みんなに紅茶とクッキーを配っていたが、元気がなく、沈み込んでいた。

矢島が、浅井と組んでいたと分かったのだ。息子の忠男への恋心を思えば、大ショックだろう。

「浅井は、もっと大きな企業とくっついておきたかったのですな」

と、ホームズ氏が言った。「政治家にもパイプを持った企業に。——三矢産業に彼は目をつけた」

「で、妻の聖美を使って、まず矢島さんに近付いたのね」

「カムフラージュのために、妻に会社をのっとられた、という格好にした。あれはみごとな発想だったな」

「矢島は、麻薬の取引のことは知らなかったんですね？」

と、大矢が訊いた。

「もちろんです。ただ、矢島の野心を探り当てた浅井が、妻を使って、操っていたのですよ」

「それを聞いてホッとしました」

と、大矢は肯いた。

「俺もだ」

と、矢田が言った。「あいつがそこまで堕ちていたとは思いたくないからな」

「――じゃ、中代さんを殺したのも？」

「相手が麻薬の組織となれば、少しでも近寄って来た者は殺してしまうのも分かる。ともかく、厳重に警戒していたはずだからね」

「矢島はただ、彼女と共謀して、三矢産業を自分のものにしたかったのね」

と、私は言った。

「しかし、もし成功していたら、三矢産業はやがて浅井のものになっていたでしょうな」

と、ホームズ氏は言った。

「ゾッとするな、考えただけで」

と、大矢は言った。

「計画通り、大矢さんを誘惑し、聖美は、続いて矢田さんが上京して来るのを待って、接近した」

「私たち二人を争わせるのが、矢島の狙いだったわけですね」

と、大矢が言った。

「そのために、まず大矢さんの家庭を壊そうとした。奥さんを自殺に見せかけて殺し、娘さんと憎み合わせる、という筋書で」

「ひどいことを……」

と、大矢はため息をついた。

「でもやっと意識が戻って来たとか」

と、私は言った。

「ええ。——お医者さんも、後は時間の問題だって」

と、朋子が明るい表情で言った。

「——しかし、私もね」

と、矢田が言った。「危なかった。あの女には夢中になっていたかもしれない」

「一江さんのお手柄ね」

と、私は言った。「お二人が聖美を殺す計画を立ててると知って、こっちで対策を練ったの。その結果、矢田さんを説得して、あのドラマを演じてもらったわけ」

「空包とは思わなかった」

と、大矢は言った。

「でも、お父さんはだめ」

と、朋子が、父親の肩に手をかけて、「正直だから、すぐ顔に出るし」

「それじゃ私はどうなる？」

と、矢田が言ったので、

「あ、そうか」

朋子がペロッと舌を出す。みんなが笑った。——一江以外は、である。

「お前も本気で、俺を撃つつもりだったんだな？」

と、矢田が大矢をつついた。

「ま、勘弁しろよ。どうかしてたんだ」

と、大矢が苦笑する。

「あのホテルに、聖美が着いた時点で、浅井に連絡していたかもしれない。それとも矢島に。だから、ああして、実際の殺人劇をリアルに演じた方が安全だったわけです」

「それで……浅井聖美は？」

ドアが開いた。

浅井聖美が、立っていた。

「一つ下の階の真下の部屋を借りておいてね、落ちて来るのを、受け止めたんだ」

と、ホームズ氏が言った。「離れ技だが、力持ちもあそこにはいるからね」

「ご迷惑をかけました」

と、聖美が頭を下げた。

「浅井は死んだよ」

ホームズ氏の言葉に、聖美は、

「そうですか」

と、肯いた。

「あの男を愛していたのかね？」

「いいえ」

と、聖美は首を振った。「ただ――弟が借金を作ったのを助けてもらったりして、言うことを聞かないわけにはいかなかったんです」

聖美は、大矢と朋子の方へ、

「本当にすみません」

と、頭を下げた。

「お父さんがよろめいたから、いけないんだよね」

朋子の言葉に、大矢は少し顔を赤らめて、

「全くだ」

と、言った。「いい年齢をして、恥ずかしい話だよ」

少し間が空いた。

「――矢島さんはどういう罪になるんでしょうね」

と、私は言った。

「どうかね、直接手は下していないまでも、大矢夫人の殺人未遂はまずまぬかれないね」

と、ホームズ氏が肯く。「その他のことは、中代殺しにしろ、あの養老院の事件にしろ、浅井のやらせたことだろうが」

「何かをかぎつけたから、殺されたんでしょうね」

「夜中に女性の部屋を訪問しようとして、何かを見てしまったんだろうね」

「あの組織は相当なもののようです」

と、矢田が言った。「たぐっていくと、かなりの大物が出て来そうですよ」

「あの養老院はどうなるのかしら」

私は、それが気になっていた。

「あそこの市長を、私はよく知っています」

と、大矢が言い出した。「話をしてみますよ。あれだけの設備を放っておく手はない」

「うまく行くといいわね」

私は、一江が、いつの間にか部屋を出ているのに気付き、「うまく行かなかった人が、一人いるけど……」

と言った。

「矢島の息子はどうする？」

と、矢田が大矢に言った。

「本人から辞表が出ている」

「しかし……。どうしたもんかな」

「一からやり直せばいいんじゃないか。新入社員として扱って」

「うん、それはいい」

と、矢田は肯いた。「本人に話してくれ」

「分かった」

「君が東京支店長をかねるんだからな、当分は」

大矢は微笑んだ。

突然、ドアから、一江が飛び込んで来ると、

「私も一緒に話します！」

と、大声で大矢に言った。

「そうしてくれると――」

「何が何でも、承知させます！　絶対に雇ってくれるんですね」

「もちろんさ。父は父、子は子だ」

「やった！」

一江はピョンピョン飛びはねながら、居間を出て行く。――みんな呆気に取られて、見送っていた。

すると、一江が、ヒョイと振り向いて、

「今、チーズケーキを焼いてますからね！」

と、手を振った。「お楽しみに！」

ルンルン、と鼻歌まじりで行ってしまう。

「――何とまあ、明るい」

と、ダルタニアンが感心した。

「私も、警察へ行きます」

と、聖美が立ち上がった。

「協力してやれば、きっと喜ぶでしょう」

と、ホームズ氏が言った。

「でも、その前に――」

と、私は言った。

「え？」

「チーズケーキを食べて行かないと、一江さんに恨まれそうよ」

私はそう言って、ウインクして見せた。

エピローグ

「かくて——」

と、大矢は言った。「浅井聖美さんは、永い眠りにつかれました。彼女の遺したK貿易は、私ども三矢産業が引き受け、必ず立派に業績を上げてみせます。どうか安心して、安らかな眠りにつかれますように……」

みんなが黙って頭を垂れた。

「では、出棺です」

と、言ったのは、ホームズ氏。

黒の上下、ブラックタイ。日本式ホームズ氏だ。

「故人をよりよくしのぶため、棺のふたを開いたまま、霊柩車にのせたいと思います。では、男性の方々——」

棺の中に、花で埋もれている聖美は、美しかった。

大矢、矢田の二人が、棺の前方、左右を受け持った。

他に、ダルタニアンなども加わっている。――もちろんK貿易の社員が大勢、集まっていた。

「行こう」

と、矢田が言った。

「うん」

大矢が肯く。

棺は、ゆっくりと運び出されて来た。

私はその光景を、少し離れて、眺めていた。

「あの人たち、複雑でしょうね」

と、一江が言った。

「そうね。――あの年齢になってからの恋は、辛いものかもね」

「私の恋も辛いです」

「そう？　でも楽しそうよ」

「お嬢様ったら！」

私は、笑いをかみ殺した。

「――さ、行くわよ」

と、一江を促して、私たちは霊柩車に乗り込んだ。

「――では」

扉が閉じる。車が動き出した。

しばらく走って、車は細い裏道へ入ると、ゆっくりと停(とま)った。

「もう大丈夫よ」

と、私が声をかけると、聖美は目を開けた。

「窮屈だったでしょう」

「ええ。でも……」

聖美は、ゆっくりと起き上がって、息をついた。「何だか生れ変ったみたい」

「さ、これを上に着て」

「すいません」

――麻薬組織について、彼女の証言が、大きな手がかりとなって、捜査は大幅に進んでいた。

彼女が組織から復讐(ふくしゅう)されるという心配もあるので、警察は彼女に新しい名、新しい身許(みもと)を与えて、「浅井聖美」は事故死したことにしたのである。

「これが飛行機の切符。――北海道で落ちついたら、手紙ちょうだい」

「はい、必ず」

と、聖美は微笑した。

刑事の車が、待機している。これで羽田まで行くのだ。

「飛行機に遅れるわ。急いで」

「はい。――色々ありがとうございました」

頭を下げて、聖美は、その車へと乗り込んで行った……。

「新しい人生か」

と、一江は言った。「面白いでしょうね」

「さあね。――さ、帰りましょ」

と、私は促した。

そして、屋敷へ戻ってみると……。

「いや、いいところへ」

と、ダルタニアンが駆けて来る。

「どうしたの？」

「決闘してるんです」

「決闘？」

私は目を丸くした。

「決闘なら、ダルタニアンさんのお得意じゃありませんか」

と、一江が言うと、

「いや、それが……。ともかく来て下さい」

どうやら、よっぽど手に余っているらしい。

居間へ入ると――。

チャリン、チャリン、と剣が鳴っている。

「えいっ！」

「やあっ！」

慣れない手つきで剣を振り回しているのは誰あろう、大矢朋子と、あの〈おみやげ〉の茂木みゆきだった。

「何してるの、あの二人？」

と、私は呆れていった。

「いや……それが……」

ダルタニアンは言いにくそうである。

なるほどね。——私も了解した。

「いや……。あの子が私のところへ〈おみやげ〉はいかが、とやって来ましてね、それを見て、あの娘が、カーッとなって」

「で、決闘」

「そのようです」

「もてると辛いわね」

「からかわないで下さい」

と、ダルタニアンは苦笑した。「もし、あの子たちのどちらか、顔でも傷つけたら、と思うと……」

「一江さん」

「はい」

「バケツ」

「はい、ただいま」

こういう時は、カッカとしているのを冷やすしかない。

一江が水の一杯入ったバケツを持って来た。

「これをかけるのよ」

と、ダルタニアンへ渡す。

「私が？」

「もちろんよ。あなたのために決闘してるんだから」

「女性に水をかけるとは——主義から言いましても……」

「いいから、早くして」

「はあ」

気が進まない様子のまま、ダルタニアンは進み出て、「——それ！」

ザバッ。——と、水をたっぷりかぶったのは、朋子の方だった。相手のみゆきは少し濡れたくらいだ。

「ハハ、いい気味」

と、みゆきが笑うと、

「見なさいよ。私のことを想ってくれるからこそ、こんなに水をかけてくれたのよ。そっちなんか、ちょびっとじゃないの」

朋子はびしょ濡れのままニッコリ笑って、「ねえ、ダルタニアンさん」

「あ……いや……まあ……」

と、ダルタニアンはたじたじとなって、「今日は失礼！」

と、逃げ出した。

「待って!」

「私のダルタニアン!」

二人が剣を捨てて追いかけて行く。

「──何事だね?」

ホームズ氏が入れちがいに入って来た。

「いいえ、ほんのちょっとしたことです」

と、私は二本の剣を拾い上げて、「誰か私のために決闘してくれないかしら」

「その前に恋人ができないといけないんですよ」

矢島忠男と付き合っている一江が得意げに言った。

「そう。──やる?」

「いいですわ」

「では。──いざ!」

私と一江がチャンバラを始めたのを見て、ホームズ氏は唖然(あぜん)としていたが、やがてゆっくりと首を振り、ソファに落ちついて新聞を広げたのだった……。

本書は1991年4月徳間文庫として刊行されたものの新装版です。なお、本作品はフィクションであり実在の個人・団体などとは一切関係がありません。

徳間文庫

第九号棟の仲間たち④

クレオパトラの葬列(そうれつ)

〈新装版〉

2017年3月15日 初刷

著者 赤川次郎(あかがわじろう)

発行者 平野健一

発行所 東京都港区芝大門二—二—一〒105—8055 株式会社徳間書店

電話 編集〇三(五四〇三)四三四九 販売〇四八(四五一)五九六〇

振替 〇〇一四〇—〇—四四三九二

印刷 株式会社廣済堂

製本 株式会社宮本製本所

ISBN978-4-19-894206-9 (乱丁、落丁本はお取りかえいたします)